라가

이 도서의 국립중앙도서관 출판시도서목록(CIP)은
e-CIP 홈페이지(http://www.nl.go.kr/ecip)와
국가자료공동목록시스템(http://www.nl.go.kr/kolisnet)에서 이용하실 수 있습니다.
(CIP제어번호: CIP2012002285)

라가

보이지 않는 대륙에 가까이 다가가기

J.M.G. 르 클레지오 지음 | 윤미연 옮김

문학동네

ⓒ Aquarelle d'Anna Le Clézio, d'après un dessin de l'auteur.

* 바누아투 펜테코스트 섬의 호모 만 정경. 르 클레지오의 밑그림을 바탕으로 르 클레지오의 딸 안나 르 클레지오가 그린 그림.

멜시시의 언덕으로 나를 안내해준

샤를로트 웨이 마탕수에에게

차례

라가

* 라가: 바누아투에 속하는 펜테코스트 섬을 현지 언어인 아프마apma어로 부르는 명칭(펜테코스트 섬의 또다른 언어인 사sa어로는 '아오레아Aorea'라고 한다).(원주)

흔히 아프리카를 잊힌 대륙이라고 한다.

그렇다면 오세아니아, 그곳은 보이지 않는 대륙이다.

그곳이 보이지 않는 대륙인 것은, 맨 처음 그 지역을 탐험했던 여행자들이 그곳의 존재를 알아차리지 못했기 때문이기도 하지만, 오늘날까지도 그곳이 국제적으로 인정받지 못한 곳, 일종의 통행로이자 어떤 면에서는 부재하는 곳으로 남아 있기 때문이기도 하다.

천신만고 끝에 파나마 지협을 횡단한 뒤 태평양을 발견

한 발보아*는 다리엔 해변에 무릎을 꿇고, 그곳이 얼마나 광대한 곳인지 짐작조차 못한 채 에스파냐 국왕의 이름으로 그 바다를 점령했다. 그때 이미 그는 서양을 향해 계속 항해하다 보면 분명 동양과 일본에 다다를 수 있을 거라고 생각했던 듯하다.

우리가 살고 있는 행성이 둥글다고 확신한 지리학자들은(지구 원형설이 공식적으로 인정받기 전에도 많은 뱃사람들은 그것을 의심하지 않았다) 16세기에 두 가지 신화를 만들어냈는데, 모두 거짓이었음에도 불구하고 이 두 신화는 위대한 탐험가들에게 지대한 영향을 미쳤다. 첫번째는 아니안 신화다. 아니안은 선박들이 아라비아와 인도를 지나가야 하는 힘든 항해의 위험을 무릅쓰지 않고도 동양에 틀림없이 다다를 수 있게 해준다는 바로 그 유명한 북서항로다.

* 16세기 대항해시대의 에스파냐 탐험가. 유럽인 최초로 태평양을 발견했다.

두번째는 남반구 대륙 신화로, 지리학자들은 이 거대한 땅덩어리가 아시아 대륙의 평형추 역할을 하면서 지구의 균형을 유지시켜주는 게 틀림없다고 주장했다.

케이로스, 멘다냐, 그리고 마젤란, 부갱빌, 쿡 같은 탐험가들이 그 남반구 대륙을 찾아 항해를 떠났다. 맨 처음 뉴기니 연안에 도착한 케이로스는 자신이 그 대륙을 발견했다고 생각했다. 그에게 그 대륙의 발견은 정치적으로나 도덕적으로나 필요 불가결한 것이었다. "이곳은 지구 육지 면적의 4분의 1에 해당하며, 그 크기로 볼 때 현재 폐하가 다스리시는 전 세계의 왕국과 지방을 모두 합친 것보다 두 배나 크고, 무엇보다 무어인이나 투르크인과 같은 이교도들을 이웃으로 둬야 하는 불편함도 없습니다. (……) 이곳에서 아프리카, 유럽, 아시아의 대척점을 발견할 수 있을 것입니다. 나중에 좀 더 상세히 보고드리겠지만, 위도 15도에서 제가 발견한 영토들은 에스파냐보다 광대하고 어떤 왕국과 비교해도 훨씬 거대하며, 하나같이 진정한 지상낙원이라 일컬을 만하다는 것을 알려드리는 바입니다."* 그 후로 부갱빌과 쿡이 케이로스의 착각을 바로잡았다. 그 포르투갈 항해자가 발견한 것은 대륙이 아니라 한낱 섬이었다는 사실을 밝혀낸 것이다. 쿡은 하와이에서 죽었다. 그리고 '아스트로라브Astrolabe' 호와 '부솔Boussole' 호는, 그로부터 40년 뒤 뒤몽 뒤르빌이 발견했다고 믿은 해역 어딘가에서 난파되었다. 1606년 페루 연안을 출발한 에스파냐 탐험가 토레스는 자신이 발견한 최초의 땅, 에스피리투산토 섬에 닻을 내리고 그 섬의 지도를 만들었는데, 그 지도가 너무 부정확하고 모호한 탓에 부갱빌 이전까지 그 어떤 항해자도 그 섬을 찾아낼 수 없었다. 부갱빌은 섬을 발견하고는 그 제도諸島에 '그랑드-시클라드'**라는 매력적인 이름을 붙였고, 그 후 쿡은 자신의 조국을 기리기 위해 '뉴헤브리디스'***라는 슬

* 페드로 페르난데스 데 케이로스의 『오스트레일리아 원주민 여성들에 대한 기록*Memoriales de las Indias Australes*』.(원주)

** '거대한 작품군'이라는 뜻.

픈 이름을 붙여주었다. 토레스는 어떤 곳을 지날 때 눈여겨보지 않고 지나쳤는데, 그곳이 훗날 뉴칼레도니아라고 불리게 될 곳이다. 그는 그곳을 지나 뉴기니(1528년에 이미 에스파냐 탐험가 사베드라가 이곳을 언급한 바 있다)까지 항해를 계속했다. 대륙의 신화는 18세기 말까지 계속된다. 위대한 지리학자이자 지도 제작 전문가인 알렉산더 댈림플에 따르면, 영국과 프랑스의 탐험가들은 1770년 실제로 그곳에 닻을 내리기 직전까지도 여전히 그 신화를 믿고 있었다고 한다.

이제 우연의 항해자들에 대해서 말해보자.

플린더스****는 우연히 오스트레일리아 북쪽 연안을 발견했다. 하지만 그곳이 신대륙의 일부라는 사실은 알아차리지 못했다. 그 뒤에 확인된 그곳은 남반구 대륙이라는 이름을 얻게 되는데, 지리학자들은 이 명칭을 오랫동

*** '새로운 잡종'이라는 뜻. 영국과 프랑스의 공동 지배를 받던 뉴헤브리디스 제도는 1980년 독립하여 '바누아투 공화국'이 되었다.

**** 1802년 오스트레일리아 남쪽 해안을 탐험, 조사했던 영국의 탐험가.

안 사용했다. 사람들은 그곳이 적도 부근에 있다고 생각했고, 그래서 그곳을 뉴기니라고 믿었다. 하지만 그 땅은 더 남쪽, 더 서쪽에 있었다(탐험가들이 아메리카 연안들에서 출발했기 때문이다). 그러나 지구가 장난감 팽이처럼 균형을 유지하기 위해 그곳이 필요하다는 믿음은 그때 이미 사라지고 없었다.

그 신화에서 상상하지 못했던 점은, 그 끝없는 대양, 무수한 섬들, 고립된 작은 지대들, 그리고 하와이 부근의 북회귀선에서 뉴질랜드 끝 남극 주변까지, 동쪽의 이스터섬에서 서쪽의 인도네시아, 남쪽의 마다가스카르에 이르기까지 지구의 무려 3분의 2에 달하는 면적을 산호초가 뒤덮고 있다는 사실이었다. 육지보다는 바다로 이루어진 대륙. 제도들, 심연에서 솟아난 화산들, 태곳적부터 인간들의 가장 무모한 해상 오디세이를 따라가며 번성해온 산호초들. 최초의 유럽 항해자들이 발견하지 못하고 지나쳤던 대륙. 꿈의 대륙.

그 광대한 대륙으로 최초의 모험을 감행했던 사람들에게 그것은 분명 하나의 현실이었다. 그들은 처음부터 용감무쌍한 뱃사람이거나 겁을 모르는 탐험가였을까, 아니면 자신들을 위협하는 전쟁이나 추방, 기근, 자연재해로부터 달리 달아날 방법이 없는 도망자였을까? 아마도 그 셋 모두였을 것이다. 뒤몽 뒤르빌은 폴리네시아인들을 바다 밑으로 가라앉은 대륙에서 살아남은 사람들이라고 생각했던 듯하다. 아주 오랜 옛날부터 전해 내려오던 아틀란티스 신화의 또다른 변형이다. 「오세아니아로의 이주 *The Settlement of Oceania*」를 쓴 G. S. 파슨스은 "오세아니아의 원주민은 진정한 바닷사람들이었다"는 것을 추호도 의심하지 않는다. 그는 인간들이 그곳에 정착해 살기 시작한 것은 약 1만 년 전의 짧은 농업 혁명기, 다시 말해 신석기와 토기가 발명된 시기였으며, 그것은 결과적으로 급격한 인구 증가를 초래해 새로운 땅이 필요했다고 기술한다. 노련한 뱃사람들은 아마도 인류 역사상 가장 놀랍다 할 수 있는 이 모험에 계속 매료

되어 있었다. 헤이엔 선장은 『폴리네시아인들의 항해 *Polynesian Navigation*』에서 풍랑으로 인한 우연한 이주라는 샤프의 가설을 부정한다. "태평양 내에 폴리네시아 문화가 전파된 것은 우연한 항해의 결과가 아니라 의도된 노력의 결과였다." 이 모험을 성공시키기 위해 멜라네시아인들과 폴리네시아인들은 일련의 천재적인 발명품들을 계속 만들어냈는데, 그것들은 오늘날까지도 유용하게 쓰이고 있다. 한쪽 또는 양쪽에 통나무로 부유 목재를 달아 안정성을 향상시킨 아우트리거식 카누인 '루루', 가축과 식량을 수송하기 위해 두 척의 카누를 들보로 이어 붙인 이중 카누, 갑판이 있는 카타마란*, 움직이는 활대에 판다누스 섬유로 만든 돛을 단 범선, 돛과 노를 교대로 이용해 '배를 조종하는' 항해술, 별을 이용한 위치측정법, 섬 위에 낸 도로들. 오세아니아로의 이주가 페루 연안들에서 시작해 동쪽에서 서쪽으로 이루어졌음을 증

* 선체가 둘로 이루어진 쌍동형 배.

명하기 위해 헤위에르달*이 시도했던 모험은 지금도 유명하다.

그러나 현실은, 그 험난한 여정을 감행했던 옛사람들의 대담함을 증명하기 위해 굳이 등나무 줄기로 만든 뗏목을 타고 풍랑에 몸을 맡긴 채 무모한 항해를 할 필요까지는 없었다는 것이다. 그 남자들, 그 여자들의 가슴속에는 욕망이 있었다. 그 욕망이 앞으로 계속 나아가도록 그들을 부추기면서 그들이 필요로 하는 신세계를 만나게 했다. 절박함이 그 욕망과 맞물리면서, 바람과 해류를 거슬러 해가 떠오르는 수평선을 향해 나아가도록 그들을 밀어붙였다. 그 사람들은 선조의 땅, 죽은 자들이 사는 그 땅을 되찾으려 했던 게 아니었을까? 어쩌면 인간 본성 속에 있는 그 단순한 호기심을 증명해 보인 것은 아니었을까? 다시 말해 이 세상이 바다와 육지를 집어삼키는 끝없는

* 노르웨이 탐험가이자 인류학자. 잉카인이 폴리네시아로 이주했다는 것을 증명하기 위해 1947년 잉카인들과 동일한 조건 아래 3개월 반 동안 '콘티키'라는 이름의 뗏목을 타고 8천 킬로미터 이상을 항해했다.

심연 속에서 끝이 난다는 사실을 알면서도 호기심에 이끌려 그곳까지 찾아가봤던 것은 아니었을까?

‘영원한 항해’

카누는 아주 긴 빵나무 둥치를 손도끼(고고학자들이 '까뀌'라고 부르는 것으로, '불나무'*로 만든 손잡이에 반들반들하고 날카로운 돌 하나가 박혀 있다)로 쪼아 만든 것이다.

카누는 V자 형태로 속이 깊이 패어 있고, 우현에는 야자나무로 만든 부목浮木에 기다란 용수나무 막대기 세 개를 ×× 모양의 매듭으로 단단히 고정시켜놓았다. 남자들

* 검거나 적갈색이 도는 열대목을 가리킨다.

은 부목 손잡이 위에 식량, 살아 있는 식물, 식수를 실을 수 있도록 대나무 널판을 설치했다. 카누 한가운데는 용수나무 돛대가 서 있고, 돛은 판다누스 섬유를 꼬아 만든 것으로 줄로 뱃머리에 연결되어 있으며, 돛대 위쪽에는 흑단으로 만든 도르래를 작동시킬 수 있도록 대나무 활대를 고정시켜놓았다.

카누 한복판에는 여자들이 앉아 있다. 손으로 짠 직물을 몸에 두른 마탕타레는 첫아이를 품에 안고 있다. 생후 6개월 된 아기는 그녀의 젖꼭지를 문 채로 잠들어 있다. 그들 옆에는 마탕시가 카누 바닥에 몸을 웅크리고 있다. 비바람에 머리칼이 흠뻑 젖은 채 반쯤 잠든 상태로 약간 앓는 소리를 낸다. 카누가 난바다로 나온 지 여러 날인데, 그동안 여자와 남자 들은 음식을 먹지 못했다. 벌써 그들의 갈비뼈가 드러나 보인다. 선천적으로 통통한 타비리조차.

배의 이물과 고물에서 남자들이 노를 젓고 있다. 마탕타레는 노들이 규칙적인 리듬으로 동시에 바닷물에 잠기는 소리, 휘파람 같은 바람 소리와 부서지는 파도 소리를 듣고 있다.

육지를 떠난 뒤로 바람이 끊임없이 돛을 밀어붙이며 순조로운 항해를 도와준 까닭에, 그들은 곧 라가 섬에 다다를 수 있을 거라고 믿었다. 그런데 그 뒤로 풍향이 갑자기 바뀌었다. 남동풍에 돛이 사납게 펄럭이고 돛대가 요란하게 삐걱거린다. 뱃전 위로 거대한 파도가 들이치고 바람이 몸을 뚫을 듯 아프게 파고든다. 잠시 눈을 붙이기 위해 자리에 누운 마탕타레는 뺨으로 흘러내리는 물소리를 듣는다. 그녀는 물에 빠져 죽는 꿈을 꾼다.

깨어 있을 때면 마탕타레는 배에 탄 사람들의 몸이 축축해지지 않도록 카누 바닥에 깔아둔 갈대 위에 꼿꼿한 자세로 앉아 있다. 그녀는 바다를 응시한다. 그녀의 눈에 바다는 높디높은 벽, 끝없이 이동하는 절벽 같다. 파도 마루에 얹힌 작은 거품 구름이 바람에 날아간다.

마탕타레는 징후를 살핀다.

오늘 아침 잠에서 깨어났을 때, 그녀는 바다 위를 스치듯 지나가는 날쌘 검은 새 한 마리를 보았다. 그녀는 기쁜 마음에 그 새의 이름을 소리쳐 불렀다. "이키이이이트!" 그 소리에 잠을 깬 남자들이 웃기 시작했다. 마탕타레의 남편 타비탕이 그건 그 새가 아니라고, 이키이트는 며칠이고 몇 주고 한 번도 내려앉지 않고 세상 끝까지 날아갈 수 있는 바닷새라고 말해주었다. 하지만 마탕타레가 그럼 저 새의 이름은 뭐냐고 묻자 그는 대답하지 못했다. 전에 한 번도 본 적이 없는 새라고 했다.

새는 한참 동안 조용히 카누 옆을 스치듯 날았다. 설사 그것이 모기들을 쫓아 석호를 스칠 듯 날아다니는 '이키이트'가 아니었다 할지라도, 마탕타레는 그 새를 보고 기분이 좋았다. 그 새는 살아 있는 존재인 데다 어쩌면 행운의 메신저인지도 몰랐으니까. 그녀는 자기 딸 마탕카비가 그 새를 볼 수 있도록 포대기처럼 감싼 직물 자락을 살짝 벌렸다. 하지만 차가운 바람이 아기를 울렸다. 아기는 젖을 빨다가 이내 다시 잠들었다. 그 후 남자들이 다시금 노를 젓기 시작했다. 해가 수평선 위로 완전히 모습을 드러냈을 때 마탕바 할멈이 얌*으로 만든 국수를 사발에 담아 나눠 준 그 짧은 순간을 제외하고, 그들은 쉬지 않고 노를 저었다.

바다는 강렬한 푸른빛이다. 하늘에는 구름 한 점 없다. 카누가 육지를 떠날 때 그들은 자신들이 죽을 거라고 믿었다. 첫날 밤, 육지를 거의 다 벗어났을 때 헤어리슨 섬 앞에서 갑자기 회오리바람이 일기 시작하더니, 파도가 온 사방에서 동시에 카누를 두들겨댔다. 타비탕은 돛대가 부러질세라 서둘러 돛을 내렸다. 파도는 성난 짐승처럼 카누를 향해 솟구쳐 올라오고 있었고, 여자들은 카누 안으로 들이치는 물을 퍼냈다. 마탕타레는 부목들이 삐걱거리는 소리를 듣고 있었다. 파도가 금방이라도 카누에 묶여 있는 것들을 풀어헤치고 대나무 널판을 날려버릴 것만 같았다. 남자들은 연안을 벗어나기 위해 물살을 헤치며 부지런히 노를 저었다. 그 후 순식간에 밤이 찾아왔고, 이제

* 주로 열대 및 아열대 지방에서 자라는 뿌리 식물.

는 별밖에 보이지 않았다. 산호초에 부딪치는 파도 소리와 부목의 음산한 삐걱거림뿐. 마탕시도 더이상 신음을 내지 않았다. 그녀는 여자들과 함께 물을 퍼냈다. 여자들의 손이 차가운 물에 잠긴 카누 밑바닥에서 서로 부딪치곤 했다.

파도가 식물과 식량을 밧줄로 묶어놓은 대나무 널판을 다시 덮쳤다. 거친 폭풍우 소리에도 불구하고, 대나무 우리 안에 가둬놓은 한 마리뿐인 돼지가 공포에 질려 내지르는 비명이 또렷이 들렸다. 하지만 어느 순간 이후로 여자들은 더이상 그 소리를 들을 수 없었다. 파도가 몰아치는데도 마탕타레는 딸을 가슴에 꼭 끌어안고 부목과 연결된 막대기를 단단히 붙잡으면서 널판 한가운데까지 기어갔다. 그녀는 우리를 더듬었다. 창살 안으로 손을 넣더니, 이제 더는 움직이지 않는 돼지의 털을 만지면서 혼잣말처럼 큰 소리로 말했다. "죽었어."

카누 쪽으로 되돌아올 때 파도가 그녀의 몸을 어찌나 세차게 후려치는지, 순간 그녀는 딸을 품에서 놓쳤다는 것을 느꼈다. 그녀는 절망으로 비명을 질렀다. 그 소리에 마탕시가 보지도 않고 그녀 쪽으로 재빨리 몸을 날렸다. 마탕시는 한 팔로 아기를 붙잡고 카누 바닥 쪽으로 끌어당겼다. 카누 안으로 되돌아온 마탕타레는 추위와 두려움에 온몸을 부들부들 떨었다. 그리고 딸아이의 작고 따뜻한 몸을 자기 품에서 느꼈을 때는 마치 그 아이를 다시 낳은 듯한 기분이었다. 그녀는 카누 바닥에 누웠다. 배 바닥에 바닷물이 흥건했고, 세찬 바람 소리, 파도 소리가 요란한데도 스르르 잠이 들었다.

폭풍우가 잦아든 밤, 하늘에는 별이 가득하다. 카누는 남풍에 떠밀려 파도를 타고 미끄러져 간다. 남자들은 배 앞쪽에서 노에 기댄 채 누워 있다. 그들은 잠들어 있다. 아니면 꿈을 꾸고 있거나. 마탕타레의 남편은 타비탕이다. 그는 키가 크고 힘이 세다. 그는 카누 한가운데, 딸아이 마탕카비를 사이에 두고 아내와 나란히 누워 있다. 그는 하늘빛 속에서 바람에 부푸는 돛을 바라보고, 배의 느재를 따라 흐르는 잔잔한 물소리를 듣는다.

타비탕은 하늘에서 별들이 태어나는 것을 바라본다. 그의 눈에 맨 처음 들어온 것은 '행로'(오리온자리)다. 나란히 늘어선 별 세 개가 좌우로 흔들리는 배를 따라 돛대의 양쪽을 오락가락한다. 그다음으로는, 수평선 이쪽에서 저쪽까지 거대한 몸체를 드리운 커다란 새, 동쪽 사람들이 부르는 대로 '마누 새'*가 보인다. 새의 날개가 서쪽에서 북동쪽까지 하늘을 온통 뒤덮고 있고, 몸은 제비갈매기들처럼 새하얀 빛을 발하고 있다. 그리고 날개가 달린 움푹한 날갯죽지에 다섯 개의 별이 또렷이 보인다. 날개의 북쪽 끝부분은 무녀, '아나타누아바힌'이고, 서쪽 끝은 가다랑어, '아투타히'이다. 새의 머리는 큰개자리, '타우루아'이다. 마누 새는 남쪽을 향해, 은하수 위를 날아간다. 그

---

* 태평양 전역에서는 남반구 하늘의 큰 별들과 성좌들을 마오히mao'hi어로 이름 붙였다. '마누Manu'는 하얀 제비갈매기로 상징화된 폴리네시아의 빛의 신, '탄Tane'의 신화를 연상시킨다. '타우루아Ta'urua(큰개자리)'는 축제를 의미하며, 비너스를 가리키기도 한다.(원주)

새가 눈에 보이지 않는다 해도, 그 새가 온종일 지나온 길은 라가 섬, 타비탕이 자기 가족을 데려가기로 결심한 그 새로운 땅으로 가는 길을 가리킨다. 타비탕은 길을 잃지 않기 위해 카누 뱃머리에 그 새의 머리와 부리를 새겨놓았다.

타비탕은 계속 밤하늘을 바라본다. 강 하구에 펼쳐놓은 그물, 거기서 물고기가 반짝이고 있고, 어부가 당기는 긴 그물 손잡이도 보인다. 그는 '마타리이'도 알아본다. 이슬 맺힌 거미집 위의 거미 같은 작은 눈들. 서쪽으로 가면 붉은 타로* 뿌리, 앞쪽의 커다란 '아나무아' 가까이 붙어 있는 세 개의 별이 보이고, 뜨겁게 달궈진 돌멩이들(음식을 익히는 데 쓰이는)을 집을 때 쓰는 커다란 집게가 이따금 바닷속에 잠긴다. 그리고 또다른 쪽에는 뿌리를 캐는 데 쓰이는 괭이도 보인다. 저 남쪽 하늘에는 키잡이 '타우루 아누이'가 잠들어 있는 기다란 카누가 수평선을 따라 흘

* 열대 지역에서 자라는 토란과 비슷한 식물.

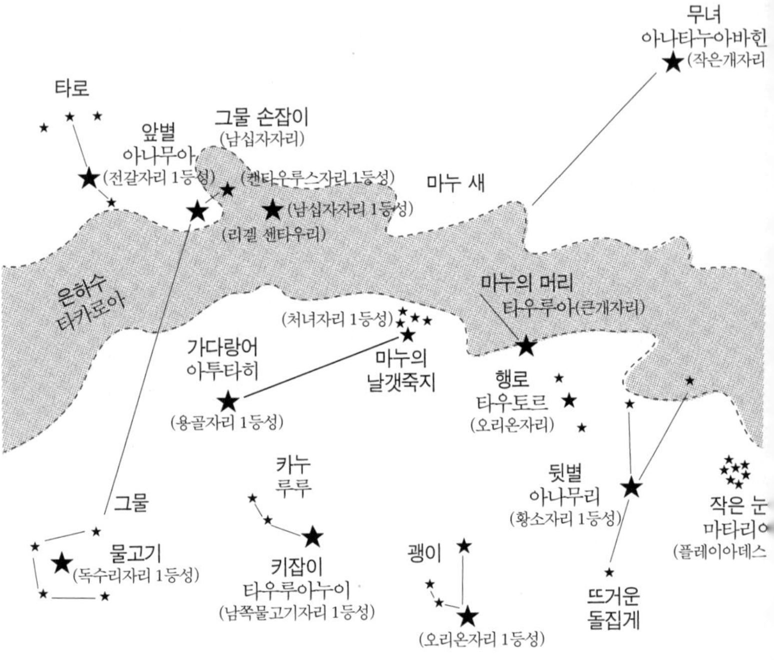
무녀
아나타누아바힌
(작은개자리
타로
그물 손잡이
(남십자자리)
앞별
아나무아
(전갈자리 1등성)
(켄타우루스자리 1등성)
마누 새
(남십자자리 1등성)
(리겔 센타우리)
은하수
타카포아
마누의 머리
타우루아(큰개자리)
(처녀자리 1등성)
가다랑어
아투타히
마누의
날갯죽지
(용골자리 1등성)
행로
타우토르
(오리온자리)
카누
루루
뒷별
아나무리
(황소자리 1등성)
작은 눈
마타리이
(플레이아데스
그물
물고기
(독수리자리 1등성)
키잡이
타우루아누이
(남쪽물고기자리 1등성)
괭이
(오리온자리 1등성)
뜨거운
돌집게

남반구의 별자리

러가고 있다. 타비탕은 마치 자신들의 배가 하늘에 비친 것 같은 그 카누를 눈으로 좇는다……

카누는 물결치는 산등성이들을 유유히 넘어가고, 돛대와 새의 머리를 새긴 뱃머리 위로 별이 총총한 하늘은 더할 나위 없이 완벽한 세상처럼 천천히 흘러간다. 마치 신들이 이 남자들과 여자들을 손에 쥐고 있는 것 같다.

매일 밤, 하늘에는 똑같은 그림이 펼쳐진다. 바다와 땅이 표정을 바꿀 때도, 인간들이 전쟁과 배고픔 때문에 오직 소문으로만 들었던 땅을 향해 바다를 거슬러 오를 수밖에 없을 때도.

타비탕은 별을 잘 안다. 어떤 별들은 차갑다. 그런 별들은 기분 나쁘게 번득이는 희미한 빛을 던진다. 또 어떤 별들은 부드럽고 창백한데, 이슬을 머금은 별빛이 꼭 여인네들의 살갗, 타로 뿌리의 속살 같다. 또다른 별들은 마치 방금 태어난 것처럼 수평선 가까이서 반짝거린다. 별들이 없었더라면 타비탕도, 타비리도, 마탕타레도, 심지어 남들이 두 번 살 정도의 생을 산 마탕세세 할멈도 수평선을 향해 나아갈 엄두를 내지 못했을 것이다.

“왜 떠나시려는 거예요?” 어느 날 마탕타레가 물었다. 마탕세세 할멈은 아랫잇몸에 남은 두 개의 이를 삐걱거리며 말했다. “여기서는 사람 고기를 먹으니까.” 마탕세세 할멈의 늙고 질긴 고기를 누가 먹고 싶어할까? 폭풍우가 지나간 뒤의 얼얼한 밤 추위에도 불구하고 마탕타레는 웃음을 참을 수 없었다.

수평선 가장 가까이서 반짝이는 별은 사람들이 부르는 대로 ‘첫길잡이’ 별이다. 그 별이 뜨고 자정이 지난 뒤에 ‘중간길잡이’가 뜬다. 마탕타레가 마탕카비를 낳던 순간에 본 게 그 별이고, 그녀의 딸에게 영혼을 준 것도 바로 그 별이다. 그래서 그녀는 딸에게 ‘평화로운 순간’이라는 이름을 붙여주었다.

바람이 잔잔해졌다. 바람은 이제 가볍게 스치는 숨결 같고, 잠든 사람의 몸처럼 따뜻하다. 그래서 항해자들은 마침내 조용히 잠이 들었다.

마탕타레는 미래를 꿈꾼다. 라가 섬에는 전쟁도 굶주림도 없다고 한다. 그곳의 물은 산 정상에서 콸콸 흘러내리고, 땅은 아주 비옥해서 막대기 하나만 꽂아도 온 사방이 초록으로 물든단다. 사냥꾼들이 숲에서 나뭇가지들을 살짝 벌리기만 해도 야생 돼지가 기다렸다는 듯 달려와 화살을 맞고 쓰러진단다.

그녀는 씨앗을 뿌릴 들판, 땅에 심을 타로와 얌을 생각한다. 그것들은 그녀에게 양식을 주기 위해 나날이 더 풍성한 열매를 맺을 것이다. 이제, 바다는 고요하다. 암초들로부터 멀어진 곳의 바다는 자유롭게 숨 쉰다. 바다는 한껏 숨을 부풀리고, 카누는 규칙적으로 힘차게 흔들리면서 파도를 오르내리고, 그 흔들림 속에서 여행자들은 마음이 평온해진다. 마탕타레는 널판에 깐 갈대에 뺨을 갖다대고 바닷소리, 늑재 위로 물이 미끄러지는 소리, 타닥타닥 튀는 물거품 소리, 부목의 삐걱거림, 돛에 안기는 바람 소리를 듣는다. 그녀는 꿈을 꾼다.

물이 가까워졌다. 타비탕은 바닷물의 맛을 보고는 이틀 뒤, 어쩌면 그보다 더 일찍 라가 섬에 도착할 거라고 말한다. 아직 새들은 보이지 않지만, 물살이 더 느려졌고 파랑은 둔해진 데다 날치 떼가 뱃머리에서 파닥파닥 튀어 오르고 있다.

마탕세세 할멈과 여동생 마탕시의 도움을 받아, 마탕타레는 바람을 피해 카누 바닥에서 불을 지폈다. 마탕세세 할멈은 돼지에 구더기가 끓기 전에 훈제를 해놓으려고 뾰족한 조가비로 돼지고기를 얇게 저민다. 바닷물을 뿌린 얇은 고깃점들이 대나무 그릴 위에서 뒤틀리며 맛있는 냄새를 풍긴다. 광막한 하늘과 바다가 아니라면 그것은 즐거운 소풍, 새 둥지에서 새알을 꺼내거나 산호초에서 물고기를 잡거나 해삼을 따러 가는 소풍일 수도 있었으리라.

남자들도 긴장이 풀렸다. 카누 앞쪽에 몸을 쭉 뻗고 누운 그들은 잡담을 나누며 큰 소리로 웃다가, 훈제되고 있는 돼지고기를 보고 코를 킁킁거리며 이따금 흥분 섞인 비명을 내지르기도 한다. 타비탕 옆에서 그의 동생 타빈

벨과 사촌 불레우루도 피곤함을 잊었다. 묵직하게 땋아 내린 짙은 머리칼이 햇빛에 구릿빛으로 반짝이고, 그들 몸의 파란 문신이 갓 새긴 것처럼 빛을 발한다. 그들은 앞으로 벌일 사냥 또는 예전에 거두었던 성과를 이야기한다. 그리고 아내로 맞이하게 될 여자들, 앞으로 쟁취할 계급에 대해서도 이야기한다. 그들이 떠들어대는 소리에 타비탕은 짜증이 난다. 그들이 지금 어디에 있는지 알려주고 싶다. 바다 한가운데, 육지는 코빼기도 보이질 않고 땅이 가까이 있다는 것을 알려줄 새 한 마리 얼씬하지 않는 바다 한가운데 있다는 것을 말이다. 하지만 이내 그 생각을 접고, 눈을 감고, 익어가는 고기 냄새를 맡는다.

여러 날이 흐른다. 카누는 쉼 없이 앞으로 나아간다. 때로는 저 혼자 비스듬히 부는 바람에 조용히 떠밀리고, 때로는 열심히 노를 저어서. 남자들과 여자들은 햇볕에 살갗이 타고 바닷물에 생기를 잃었다. 어린 마탕카비조차 완전히 기진맥진해 있다. 마탕카비의 엄마 마탕타레는 이제 호리병박에 든 물을 입술 적실 정도로밖에는 마시지 못해 젖이 말라버렸다. 젖은 아기의 몸속으로 흘러 들어가지만 아무런 영양가도 없다. 양분이 되기는커녕 아기는 날이 갈수록 여위어간다. 아기의 살갗도 점점 잿빛을 띠면서 마치 노파의 살거죽처럼 자글자글하다. 아기는 시도 때도 없이 칭얼거린다. 마탕타레는 아기를 가슴에 꼭 안고 자장가를 불러준다. 하지만 장송곡을 부르는 듯한 기분이다.

어느 새벽, 마탕타레는 다시 몸을 일으킨다. 사람들은 모두 카누 바닥에 잠들어 있고, 돛이 바람에 펄럭이고 있다. 그리고 그녀는 저기, 수평선에, 떠오르는 태양빛에 선명하게 드러난 검은 산꼭대기들을 발견한다. 어떤 섬을 보고 나서 또다른 섬, 바다에서 솟아난 듯한 산들의 꼭대기를 본다.

그녀는 아직 아무 말도 하지 않는다. 직물로 감싼 마탕카비를 품에 꼭 안은 채 대나무 널판 위에 서서 눈앞의 광경을 바라본다. 곧이어 한 무리의 하얀 새들이 끼룩거리면서 카누 위의 하늘을 날아간다. 그 순간, 항해자들이 마비 상태에서 깨어난다. 그들은 일제히 일어나, 숲 속에서 소리치듯 날카로운 목소리로 외친다. 이야아아아아아!

그들은 온 힘을 다해 노를 젓기 시작한다. 이제 거의 다 왔다. 오늘 밤이면, 최초의 땅에 발을 디딜 것이다. 그들은 로이 마타*의 밀사들에게 자신들이 가져온 선물을 바칠 것이다. 돼지 이빨, 자개 장식품, 여자들이 손으로 짠 직물. 내일이나 모레쯤 그들은 라가 섬에 다다를 것이고, 거기서 그들보다 먼저 도착한 이들을 만날 것이다. 그들은 숲을 개간해 밭을 일구고, 그 땅의 정령들에게 자신들을 받아들여달라는 기도를 올릴 것이다.

그곳에서 그들은 전쟁도 굶주림도 두려워하지 않게 될 것이다. 그들은 최초의 물을 맛볼 것이다. 산꼭대기에서

---

* 13세기에 호전적이고 야만적인 부족들을 아울러 태평성대를 이루었던 바누아투의 위대한 추장.

폭포가 되어 떨어지는 바로 그 강물의 맛을. 그들은 자갈 해변에다 나뭇가지와 대추야자 잎으로 최초의 집을 짓고, 검은 아궁이 돌 세 개를 놓을 것이다.

라가는 바다 위에 누운 검고 기다란 몸 같을 것이다. 고사리와 나무로 뒤덮인 비탈길들이 있는 조용한 라가. 꼭대기가 구름에 가려진 용암 장벽 라가. 신비로운 라가, 그곳에서 그들은 두려움에 떨면서, 사라진 옛사람들의 무덤 사이로 새 길을 낼 것이다.

그들이 머물 장소는 이미 이름이 있다. 전설이 남겨놓은 이름. 마치 바람처럼, 나뭇잎 소리와 그들의 발등 위로 흐르는 차가운 개울물의 속삭임처럼 졸졸거리며 울리는 이름.

멜시시.

멜시시

펼쳐진 만 위로 솟은 검은 절벽에 걸려 있는 마을.

땅의 비교적 평평한 부분에 마치 우연한 사고처럼 생겨난 마을.

해변은 잿빛 조약돌, 납작한 편암, 산호 부스러기, 파도에 깎여 반들거리는 현무암 파편들로 이루어져 있다.

마을 바로 아래, 수면 위로 모습을 드러낸 산호층을 제외하고 온 사방에 바다가 펼쳐져 있다. 멜시시 강은 높은 산(해발 870미터, 펜테코스트 섬에서 제일 높은 산)에서 시작되어 단구들을 따라 흘러 내려온다. 이 강은 해변을 지나 곧바로 급류처럼 바다로 뛰어든다. 강 하구에서 쉼 없이 파도가 일고 있는 것은 민물과 바닷물의 만남 때문이다.

산을 잊어서는 안 된다. 그곳에 사람들이 있다. 마을은, 말하자면 구름들이 와서 부딪치는 검은 벽에 매달려 있다. 산속에는 식물들이 뒤엉켜 있다. 해안선을 따라 반쯤은 버려지고 온갖 초목들에 침범당한 야자나무 농장들과 인도 암소들이 한가롭게 노닐고 있는 초원이 번갈아 이어진다.

고독, 고립된 듯한 느낌. 시간이 멈춰버린 것만 같은. 하지만 이곳 사람들이 암브림이나 에파테, 말레쿨라, 암바에, 아나톰 섬의 사람들처럼 한때는 인류 역사에서 가장 대담한 모험 중 하나를 완성했던 이들의 아들과 딸 들이라는 사실 역시 잊어서는 안 된다.

샤를로트 웨이 마탕수에.

나는 포트빌라*에서 그녀에 관한 이야기를 들었다.

대략 주워들은 바에 의하면, 그녀는 바누아투의 문화유산 중 하나인 전통 바구니와 판다누스 섬유를 염색해 만드는 전통 직물을 계속 생산할 수 있도록 여성 단체를 조직했다. 그 얘기를 들었을 때 나는 한 명의 여성 운동가를 발견했다고 생각했다. 프랑스 종교 단체가 운영하는 학교에서 교육을 받고 집회와 정치 모임에 길들여진 '신여성'을 상상한 것이다.

멜시시 수녀원에 도착한 나는 마흔 살가량 된 여자를 만났다. 그녀는 작은 키에 빼빼 마르고, 머리칼은 곱슬거리며, 얼굴은 지성적이었다. 멜라네시아 사람이라기보다는 마다가스카르 여자 같은 분위기. 구릿빛 얼굴, 튀어나온 광대뼈, 길게 찢어진 눈.

---

* 바누아투의 수도. 펜테코스트 섬은 포트빌라에서 정북으로 190킬로미터 떨어져 있다.

그녀가 나를 만나러 왔다. 그녀의 삼촌인 뱅상 불레콘이 전화로 내가 그곳에 갈 거라고 미리 그녀에게 알려놓았다. 수녀들 역시 나를 기다리고 있었고, 그녀는 내가 도착했는지 확인하기 위해 매일 수녀원을 찾아왔다고 한다.

그녀는 수줍은 표정으로 문 앞에 서 있다. 모든 것이 그녀의 검소한 삶을 말해준다. 낡은 꽃무늬 원피스, 맨발에 신은 닳아 해진 샌들. 그녀는 이곳 섬사람들이 흔히 그러듯 팔짱을 껴서 양손을 감추고 서 있다. 나는 그 여자가 그녀, 라가에서 여성들의 권리를 위해 싸우고 있는 그 여권 운동가라는 것을 즉시 알아차리지 못했다.

시몬 수녀가 그녀와 나를 소개시켜주었다. 우리는 저녁식사 시간을 기다리며 부엌에서 몇 마디 말을 주고받았다.

멜시시 수녀원은 인상적인 곳이다. 수녀원의 규모, 시멘트 블록으로 만든 건물들, 아케이드처럼 길게 이어진 복도들, 나무로 만든 높다란 창문들. 이 수녀원은 180도 각도에서 바다가 내려다보이는 마을 언덕에 자리 잡고 있다. 이곳은 세상과 멀리 떨어진 이 제도 내에서 가톨릭교

회의 영향력, 사제들이 맡은 역할이 어떤 것인지 말해준다. 또한 이곳은 가톨릭 공동체가 세계 속에서 겪고 있는 변화를 상징하기도 한다. 쇠퇴가 아니라 새로운 체제로 귀착되어야 하는 근본적인 변화.

돈은 부족하고, 소명은 희박해진다. 이 빈 껍질 안에 새로운 성직자가 곧 배속될 예정이다. 뉴칼레도니아 수녀들은 이탈리아 수녀와 브르타뉴 수녀들로 교체되었다. 시몬 수녀는 비슬라마어(니바누아투*들의 링구아 프랑카**)뿐만 아니라 섬의 중심 언어인 아프마어도 할 줄 안다. 글라디스 수녀는 기타를 치면서 아름다운 낮은 목소리로 스톤과 샤르당***, 케렌 앤****의 노래를 재즈풍으로 살짝 바꿔 부른다. 50명의 여학생을 수용할 수 있는 수녀원 부속 기숙학교를 그 두 사람이 돌보고 있다. 그녀들은 학교와 의무

* 멜라네시아 원주민을 일컫는 토속어.

** 모국어가 다른 사람들이 상호 소통을 위해 사용하는 타협 언어.

*** 1970년대 프랑스 혼성 듀엣.

**** 현재 프랑스에서 활동하고 있는 이스라엘 출신의 여성 싱어송라이터.

실을 맡고 있으며, 축제와 행사도 준비한다. 성당 앞 광장에서는 마치 나카말* 앞에서처럼 고사리 뿌리로 만든 북을 들고 전통 춤을 추는 모습을 볼 수 있다. 얼마 전 에파테 섬에서 신학생 한 명이 이곳으로 왔다. 그는 스무 살이고, 기타를 연주한다. 그리고 매일 저녁 마을 남자들과 함께 커다란 망고나무 아래에서 카바를 마신다. 괴짜에다 빈정거리기 잘하는 그는 나를 계속 의심의 눈초리로 쳐다본다. 그에게 나는 무엇보다 백인 남자다. 그리고 백인 남자라는 건 세상에서 가장 사악한 존재다. 뉴헤브리디스 제도의 식민지 역사를 생각해보면 틀린 얘기도 아니다. 그는 시몬 수녀가 차려준 식사를 말없이 먹고, 모임—아마도 카바를 마시는 모임—이 있다는 핑계를 대며 자리를 빠져나간다. 샤를로트는 식사 때까지 그곳에 머물러 있지 않았다. 수줍어서이기도 하겠고, 독단적인 권한을

* 바누아투의 전통적인 회합 장소. 현재는 전통술인 '카바'를 파는 술집으로 통용된다.

대표하는 수녀들에 대한 경계심 때문이기도 할 것이다. 게다가 그녀는 자기 딸들을 돌봐야 한다. 이튿날 아침, 우리는 고지에 자리 잡은 일람레 마을로 가기 위해 만났다.

나는 샤를로트와 함께 산길을 걸어간다. 멜시시에서 출발해 거의 반이 비탈길인, 깎아지른 듯한 절벽을 오르내려야 하는 옛길이다. 이 길은 한때 서쪽에서 동쪽으로 섬을 가로지르던, 차가 다닐 수 있는 유일한 길이었다. 하지만 지금은 무너져 내린 돌과 흙더미로 뒤덮여 있어, 이곳으로 차가 지나다녔다는 게 쉽게 상상이 되지 않는다. 샤를로트는 얼마 전까지만 해도 멜시시와 고지의 마을들에서 반멜랑까지 오가는 모터크로스 경주용 오토바이가 있었다고 말한다. 그 오토바이가 지나다니던 길은 옛날에는 시멘트로 포장되어 있었지만 지진으로 모든 게 파괴되고, 억수같이 퍼부은 비 때문에 도로 곳곳이 주저앉았다고 한다. 그래서 이곳을 찾는 관광객들은 걸어서 갈 수밖에 없다. 풀과 칡넝쿨과 가시덤불이 이 길을 다시 뒤덮었다. 손을 짚고 기어올라야 하는 곳이 한두 곳이 아니다. 사실 그건 나한테나 해당하는 얘기다. 샤를로트는 야생 염소가 이 바위에서 저 바위로 펄쩍펄쩍 뛰어넘듯 수월하게 가고 있으니까. 그녀는 호리호리하지만 근육이 단단하다. 오금과 허벅지만 보면 산사람 같다. 내가 이곳에 도착했을 때 시몬 수녀가 미리 귀띔해준 대로, 라가 섬은 거의 비탈길과 언덕으로 이루어져 있다. 나는 때때로 걸음을 멈추고 숨을 돌려야 한다. 마치 엠파이어스테이트 빌딩을 계단으로 걸어 올라가는 기분이다.

오른편으로 멜시시 강이 흐르는 큰 골짜기가 보인다. 우리 위쪽으로는 섬의 정상이 구름에 가려 있다. 샤를로트가 어릴 때 그곳에 올라갔던 이야기를 들려준다. 모리셔스 섬에 있는 피터보스 산의 검은 톱니 같은 산봉우리와 무척이나 닮았다. 생각해보면, 아버지도 지금의 내 나이 때에 그 산을 올랐다. 섬사람이라면 누구나 그런 추억이 있을 것이다.

라가와 모리셔스의 차이점은, 이곳 라가 섬은 인간이

들어와 살기 시작한 그 시점에서 시간이 멈춰 있는 듯하다는 것이다. 이곳에서는 모리셔스처럼 거대한 농경지나 사탕수수밭, 차밭, 생강밭 같은 것을 찾아볼 수 없다. 골짜기 주변에 큰 마을들도 없다. 그리고 멜시시 수녀원과 공항으로 나를 태워다준 노엘의 사륜구동 도요타를 제외하고는, 실제로 현대 문명의 흔적이라고는 조금도 찾아볼 수 없다.

비탈길을 기어올라가 그 섬이 초록색 모피를 두른 채 누워 있는 광경을 보니, 조금 전과는 전혀 다른 기분이 든다. 다시 말해 어떤 시점에서, 아마도 독립 전, 영국인과 프랑스인, 프로테스탄트와 가톨릭교도 사이에 엄청난 다툼이 벌어지던 시기에 이곳 사람들은 진보와 현대적인 삶에서 비켜나 항상 그들을 지탱해주던 것들, 식물에 대한 지식, 전통, 이야기, 꿈, 상상적인 것—인류학자들이 전통, 즉 '관습'이라는 명칭으로 도식화했던 것—쪽으로 되돌아섰을 거라는 생각이 든다.

그렇지 않다면 이 사람들이 왜 연안에서 그렇게 멀리 떨어져서, 마치 그 옛날 그들이 처음 이 섬에 도착했던 때처럼, 쉽게 접근할 수 없는 그 고지들, 걸어서 몇 시간씩이나 걸리는 독수리 둥지들에서 고집스럽게 살았겠는가?

어두운 협곡들, 햇빛에 드러난 산허리들. 영원한 안개처럼 현실을 가린 채 대기에 떠돌던 눅눅함이 사라지고 공기가 투명해지고 가벼워진다. 하지만 위로 올라갈수록 신비 속으로 한층 더 깊이 들어가는 기분이다.

멜시시 강 골짜기 밑바닥에서 어떤 소리가 올라온다. 노랫소리가 아니라 또렷하고 규칙적인 날카로운 절규, 그러고 나서 알아들을 수 없는 작은 외침들이 들려온다. 간밤에 마을에서 죽은 남자를 장사 지내는 중이라고 샤를로트가 설명해준다. 그저께 그 남자는 상한 생선을 먹고 식중독에 걸려서 사람들이 보건소로 데려갔다. 보건소에서 이질 치료를 받은 뒤 몸의 기력이 다 빠진 상태로 집으로 돌아갔지만, 결국 죽고 말았다. 남자는 마흔 살이었고, 처자식도 있었다. 지금 들려오는 건 골짜기 아래 묘지에서 그의 혈육들이 내는 곡소리다. 이 야생의 자연 속에서, 정적 속에서, 타오르는 태양과 함께 단조롭게 읊조리는 그 외침에는 듣는 이를 전율케 하는 비장한 음조가 실려 있다. 동시에 그 소리들은 골짜기를 뒤덮고, 메아리들을 깨우고, 온 사방에서 튕겨 나오는 듯한 음향의 영구대를 엮는다. 그 소리들은 산을 완전히 점유하면서, 아이들의 고함 소리, 아낙들이 아이들이나 남편을 부르는 소리, 또는 마을들에서 올라오는 연기 냄새처럼 인간의 삶에 대해 말한다. 가톨릭 신학생과 개신교 목사를 포함해 이 지역에 사는 모든 사람이 장례식에 참석했다.

일람레 쪽으로 올라가는 길에서, 우리는 뒤늦게 묘지로 향하는 조문객들을 만난다. 샤를로트가 말한다. "마을에는 아무도 없을 거예요, 노인들과 아이들 말고는."

그렇게 일람레를 향해 올라가면서 샤를로트는 자신의 인생사를 들려준다. 나는 쉬이 지쳐 걸음을 멈추곤 했는데, 그때마다 그녀가 이야기를 꺼냈다. 그녀의 인생사는 요컨대 평범하면서도 슬프다. (내가 샤를로트의 이야기를 들려주자, M. F.는 아, 매 맞는 여자들……이라고 대뜸 말했다.) 그녀는 관습에 따라 아주 어린 나이에 결혼했다. 그녀의 남편은 질투심이 많은 데다 성격도 난폭했다. 그는 그녀를 주기적으로 구타했다. 그녀는 딸만 셋을 낳았다. 그녀는 아이들이 웬만큼 자라면 아이들을 데리고 진절머리 나는 남편을 떠나 할머니가 사는 일람레에 가서 살기로 결심했다. 하지만 펜테코스트에서 그런 일은 이루어질 수 없다. 남자는 결혼하기 위해 아내 될 여자의 집에 돈을 지불했고, 따라서 그녀의 가족은 계약에 묶여 있었으니까. 가족들이 중재에 나서, 남자가 행실을 고치겠다고 약속한 게 한두 번이 아니다. 하지만 그는 매번 똑같은 짓을 되풀이했다. 샤를로트가 남편과의 결별에 대해 세세히 들려주지는 않았지만, 그게 어느 정도로 힘들고 끔찍했을지 짐작이 간다. 지금 그녀의 남편은 일람레에서 몇 킬로미터 떨어진 고지에 있는 자신의 고향 마을 아우악에 그대로 살고 있다. 고통과 눈물, 수치로 보낸 세월, 그녀는 그 세월을 강조하지 않고 그저 웃으면서 회상한다. 자신의 가족과 딸들이 항상 함께하면서 자기를 도와주었다고만 말한다. 이혼도, 합법적인 별거도 성립되지 않았다. 펜테코스트에서는 그런 일이 불가능하다. 하지만 결별은 이제 확정적이다.

그런데 그렇게 강인한 것 같았던 샤를로트가 의외다 싶을 정도로 수줍어하면서, 이웃 섬에 사는 남자 친구에 대해 말한다. 때때로 그를 만나러 간다고 한다. 그녀는 결코 그 남자와 결혼할 수 없다는 것을 알고 있다. 언제까지나 혼자 살면서 삶에 직면해야 하고, 어떤 지원도 없이 혼자 힘으로 딸들을 키워야 한다는 것을 안다. 그녀는 고통을 드러내지 않는다. 체념이 아니라 오히려 현실감각에서 비롯된 내면의 평화가 얼굴에 떠오른다.

샤를로트의 말을 듣고 있거나 그녀를 관찰하고 있다 보면—그녀가 말하고 웃는 모습이나 이 바위 저 바위로 펄쩍펄쩍 뛰어다니는 모습에서 생기발랄하고 어쩐지 소녀 같은 느낌이 묻어난다—, 브로니슬라프 말리노프스키,

마거릿 미드, 존 레이어드, 그리고 그 누구보다 장 기아르 같은 위대한 민속학자들과 이 민족 여인들의 만남을 자연히 떠올리게 된다. 이 여인들이 한두 세대 동안에 그토록 많이 변한 것일까? 아니면 그 위대한 원시사회 이론가들이 연구차 찾아온 민족들의 전체적인 면모, 특히 여성이 처해 있는 그 모든 일상적인 삶, 성 학대와 부부간 폭력, 질투의 역사를 빠뜨린 것일까? 그녀들이 사는 사회가 어떻든 간에, 여성들이 자신들의 권리를 유효하게 만드는 것이 얼마나 힘들었을지를 간과한 것일까? 식민 지배 이후로 의욕을 상실한 사회에서 오늘날 행복을 추구할 권리나 의사를 표현할 권리를 주장하기 위해 무대 전면에 나서서 투쟁하는 아프리카 여성들도 떠오른다. 아니 어쩌면 사라져가는 민족들을 조사하는 그 위대한 관찰자들 역시 약간 환멸을 느낀 듯 한숨을 내쉬면서 그저 이렇게 말했을지도 모른다. 아, 매 맞는 여자들……

일람레, 그곳은 '허공에 떠 있는 마을'이다.

산업화된 서양과 접촉하는 경계 지점인 해안에서 온 사람들은 고지에 도착하면 마치 천국에 들어선 듯한 기분이 든다. 그곳은 물질과 문화의 황무지, 염분에 부식된 시멘트 잔교들, 이른바 위대한 제국(빅토리아, 나폴레옹 3세, 빌헬름 2세)의 잔해, 콘크리트와 함석으로 지은, 녹슨 채 반쯤 버려진 건물들, 프랑스 가톨릭교도들과 앵글로색슨 장로파 교도들의 전쟁터, 대나무로 엮어 만든 벽 대신 함석판과 시멘트 블록으로 지은 오두막집들, 조그만 상점들과 무관하다. 세상의 모든 경계 지점들 위로 떠도는 우울하고 답답한 분위기를 그곳에서는 느낄 수 없다.

해발 700미터 지점의 절벽 안쪽에서부터 고원이 시작되는데, 골짜기가 많고 나무들로 뒤덮인 그곳에는 여기저기 광활한 숲 속 빈터가 펼쳐져 있다. 이제는 검은 바위 벽도, 나무 같은 생김새의 고사리와 넝쿨에 가로막힌 급류도 보이지 않는다. 이곳의 흙은 붉은 점토질이고 아름

드리나무들이 자유로이 자라고 있다. 케이폭나무, 빵나무, 소철, 종려나무. 이곳의 공기는 가볍고 그늘은 시원하다. 아래쪽의 숨 막힐 듯한 분위기, 하늘이 파랄 때도 비가 계속 내리는 약간 불안한 그 느낌을 여기서는 잊을 수 있다.

일람레 마을은 고원 위에 넓게 펼쳐져 있다. 일람레는 친볘지 쪽으로 내려가는 동쪽 길에서 처음 만나게 되는 중요한 마을이다. 거리가 없는 마을, 대나무로 만든 벽과 초록빛 양탄자처럼 나뭇잎들을 제멋대로 흩뿌려놓은 지붕. 마을 한복판에는 흙을 발로 밟아 다져 만든 춤터와 '카말'('공동의 방'이라는 뜻. 비슬라마어로는 '나카말')이 있다. 멜라네시아 전역의 전통 양식에 따라 대나무로 벽을 세우고 초가지붕을 얹은 카말은 커다란 카누를 뒤집어놓은 듯한 형태의 기다란 집으로, 돌아오지 않는 영원한 항해를 상징한다.

광장에서는 언덕까지 펼쳐진 마을의 모든 집이 훤히 보이고, 남쪽으로는 구름에 가려진 산꼭대기가 보인다. 엄청나게 가파른 길을 올라 이곳에 온 게 아니라면, 바다와는 동떨어진 광활한 내륙 지방의 한복판에 와 있는 거라고 믿을 수도 있으리라. 실제로 일람레는 이 나라의 진정한 수도라는 인상을 준다.

이 섬들(라가뿐만 아니라 에스피리투산토, 암바에, 말레쿨라)의 주민들은 왜 고지대에 터전을 잡은 것일까? 마치 그들이 믿을 수 없는 항해를 마친 뒤 바다를 잊고 농부가 되기로 결심이라도 했던 것 같다. 하지만 그게 그렇게 이해하기 어려운 일일까? 6세기에 아르모리크(현재의 브르타뉴 지방)에 정착해 살기 위해 가죽배를 타고 항해했던 사람들 역시 결국엔 그랬다. 해변에 드문드문 있는 야영지 몇 군데를 제외하고, 그곳에 최초로 도착한 사람들의 주거지는 대부분 내륙, 도르도뉴의 험준한 협곡이나 사바나 안에 있었다.

일람레에 도착해 고지대의 평화를 맛보면서, 저기 아래, 저 밑 해안에는 폭풍우, 침입에 대한 두려움, 열병, 모기들이 들끓고 있다는 것을 새삼 깨닫게 된다.

하지만 이 목가적인 그림에 드리운 어두운 그림자가 있다. 바로 지진이다. 십여 년 전, 지진이 마을을 황폐하게 만들고, 독립 이후에 지은 몇 채 되지 않는 철근 콘크리트 건물들을 무너뜨렸다. 불레콘 추장의 집, 예배당, 분명 옛 시절의 카말을 대신했을 공동 가옥. 그 후로 다시 지어진 것은 아무것도 없다. 나무와 잎으로 만든 전통 가옥의 우수성은 오래전부터 증명되었다! 아래쪽 해안에 몰아친 해일이 남쪽의 베이배리어까지 여러 마을을 송두리째 파괴했다. 이는 원주민들이 고지대에서 살게 된 이유 중 하나가 분명하다.

거리라는 것은 상대적이다. 샤를로트 웨이 혼자서 또는 딸들과 함께 일람레에 올라갈 경우 한 시간이면 족할 테고 내려올 때는 그보다 훨씬 더 빠를 것이다. 아이들과 노인들만 마을에 갇혀 있다. 하지만 골짜기에 둘러싸인 그들의 고원이 그들 눈에는 끝없이 광활해 보일 수도 있을 것이다. 마치 그들이 대양 위 허공에 매달려 빙글빙글 날고 있기라도 한 것처럼.

바로 여기 일람레, 이 소박하고 평화로운 곳에서, 바누아투에서 가장 아름다운 전통 직물이 만들어진다. 아득히 먼 옛날부터 전해 내려오는 방법으로 엮어 만드는 전통 직물에는 세 종류가 있다. 여자들 치맛감으로 쓰이는 좁고 긴 '치프', 잠잘 때 덮는 '부추반', 결혼식과 성대한 의식에만 쓰이는 커다란 '세세'. 이 직물들을 짜는 기술은 라가의 문화와 연관되는데, 이는 라가의 정체성, 라가의 긍지, 그리고 라가의 교환 화폐이기도 하다. 이 기술은 오로지 여자들에게만 전수된다.

샤를로트 웨이는 이 기술의 부흥을 이끈 장본인이다. 1980년, 오랜 투쟁 끝에 뉴헤브리디스 제도가 바누아투*라는 멋진 이름으로 독립하게 되었을 때, 외국 통화로 지불되는 급료 때문에 전통적인 물물교환 거래 방식이 위협

* '우리들의 땅' '영원한 땅'이라는 뜻.

을 받게 되면서 '바투'(에파테 말로 '돌멩이'라는 뜻)라는 새로운 화폐가 만들어졌다.

라가 섬에서 멀리 떨어진 에파테 섬이나 뉴칼레도니아로 일을 하러 가는 남자들은 이 변화에 잘 적응했다. 하지만 여자들은 적응하기 힘들었다. 그때까지 이곳 여자들의 수입원이라고는 틈틈이 만드는 수공예 직물이 전부였다. 여자들은 사람들과 만날 때 그 직물을 자신들한테 필요한 물건과 교환해 딸의 결혼 지참금을 마련했다. 현대 산업 사회에서 판다누스 섬유로 만든 직물이 얼마나 값어치가 있을까? 그런데 샤를로트는 여성 단체를 조직해 신생국가의 화폐 통화 체제 내에서 이 기술의 상품적인 가치를 인정받게 했다. 현재 라가의 여자들은 손수 만든 직물로 상품이나 각종 서비스에 대가를 지불할 수 있고, 생필품이나 보건소의 의약품을 구입하거나 자녀의 학비를 해결할 수도 있다. 화폐마저 가상적인 것이 되어버린 오늘날의 세계에서는 이것이 민속적인 것처럼 보일 수도 있다. 그러나 이곳 여자들에게는 그들의 경제적인 자립을 보장

받으며 시장경제에 합류하는 수단 중 하나였다.

이것은 겉으로는 대수롭지 않은 것처럼 보인다. 하지만 상거래에서 돈(화폐, 신용카드)은 합의의 작은 부분에 불과하다. 여기서는 진주가, 저기서는 코코넛 열매가, 또다른 곳에서는 니켈이나 석유 한 통이 진짜 교환 화폐가 되기도 한다. 다시 말해 그것들은 노동의 가치, 희소성의 가치가 덧붙은 소비 물자이다.

라가에서 전통 직물을 만드는 노동의 대부분은 여자들 손으로 이루어진다.

우선 그녀들은 '위프'(모리셔스에서 '바코아'라고 부르는 종려나무의 일종인 판다누스) 잎을 따 모아야 한다. 잎들을 말린 다음, 불에 그을려 부드럽게 만든 뒤 대나무 칼로 섬유질을 추출해낸다. 그런 다음 한 아름의 섬유질을 바닷가로 가져가 소금물에 빨고 씻은 뒤 소금기가 완전히 빠질 때까지 강물에 오랫동안 헹구고 나서 다시 해변에 널어 말린다. 그렇게 해서 재료가 준비되면(이 작업은 여러 날이 걸린다), 마을의 모든 여자들이 똑같이 나누어 집으로 가져가 직물을 짠다.

직조는 전통적으로 집 밖에서, 밤이 오기 전 서늘한 시간에 하는데, 여자들에게 그 시간은 이런저런 이야기를 나누면서 소문이나 소식을 전하는 기회가 된다.

샤를로트는 전통 직물의 상품적인 가치를 알림으로써 여성 노동의 가치를 인정받게 하는 데 기여했다. 특히 전통적으로 남성 우위인 바누아투 사회 내에서 여자들의 위상을 인정받게 해주었다. 오랜 세월 동안 카말 출입이 금지되었던 여자들은 이제 일주일에 몇 번씩 그곳에 모여 자신들의 노동을 서로 비교하고, 특히 고민이나 문제를 공유할 수도 있게 되었다. 그들에게 직물은 힘에 접근하는 하나의 수단이 되었다. 그것은 하찮은 진보가 아니다. 그리고 그런 결과는 가톨릭 선교 덕분도 아니며, 정치인들의 담론 덕분도 결코 아니다. 그것은 라가 여자들이 스스로 이루어낸 위업, 오직 그들만의 업적이다.

그렇게 짜낸 직물들은 눈부신 흰빛을 띤다. 그다음에는 염색 작업이 이어진다. 이 과정도 만만찮게 복잡하다.

라가 문명의 기원을 나타내는 다양한 문양이 이 직물에 차용된다. 어떤 문양들은 단순하다. 갈매기 무늬, 마름모꼴, 줄무늬 등등. 어떤 것들은 그보다 더 복잡해서 정말로 상징적인 그림을 이룬다. 히비스커스 꽃을 상징하는 '운간 라바', 대나무 숲을 나타내는 '카인 부', 태양의 얼굴인 '부추 메타쿨', 계급장을 뜻하는 '카라우라', 돼지 갈비뼈를 상징하는 '마린 보', 뜸부기 깃털을 뜻하는 '일린 브와가'.*

이 문양들 중에서 비교秘教적인 성격을 띤 문양을 짜기 위해 직조공은 예언자, 다시 말해 어떤 마법의 식물(아마도 독말풀)을 이용해 비밀을 알아내는 남자나 여자에게

* 제네비에브 메스캠, 데니스 쿨롬비에, 『바누아투의 섬, 펜테코스트*Pentecost, an Island in Vanuatu*』, 수바, 남태평양 대학교, 1989년.(원주)

도움을 청한다. 이때 이 문양을 박는 데 쓰일 '스텐실 페이퍼'를 준비하는 책임을 맡는 것도 바로 그 예언자다. 그는 대나무 칼을 이용하여 바나나나무 줄기에서 딴 연한 이파리를 그 문양대로 자른다. 붉은 염료는 '라바'라고 불리는 넝쿨식물에서 채취하는데(이것에 대해서는 좀 더 뒤에서 어떤 전설을 이야기할 때 다루겠다), 여자들이 해안가 숲에 가서 구해 온다. 이 넝쿨을 곤죽이 되도록 짓이긴다. 넝쿨을 짓이기는 사이, 실린더 같은 원통에 물을 끓인다. 옛날에 '캄프치'라고 부르던 아주 단단한 나무의 껍질로 만든 기다란 원통이다. 오늘날에는 이 나무를 구하는 게 점점 더 어려워져서, 불에 강한(하지만 녹에 취약한) 양철통을 대신 이용하고 있다. 직조공은 긴 대나무 위에 직물을 펼친 다음 바나나 나뭇잎으로 만든 '스텐실 페이퍼'를 직물 위에 올려놓고 둥글게 만다. 그것을 염료가 섞인 끓는 물에 담가 한 시간 동안 삶는다. 그러고 나서 직물을 펼쳐놓고 나뭇잎 틈으로 문양이 보일 때까지 말린다. 문양의 선명도는 상품 가치와 직결된다. 이중 많은 직물이 주문을 받아서, 특히 결혼식용으로 만들어진다. 또 어떤 것들은 집에 보관하거나 식량과 맞바꾸고, 때로는 돈을 마련하기 위해 내다 팔기도 한다. 이 직물들은 진급식 때 전시하는데, 이 의식은 여자들이 자신들의 작품을 비교하거나 서로에게 아이디어를 얻거나 교환하는 기회가 된다.

샤를로트 웨이가 들려준 전통 직물에 얽힌 사랑 이야기.

먼 옛날 라가 섬 남쪽에 테트파라는 잔악한 추장이 살았다. 그는 인근에 살고 있는 다른 부족들과 끊임없이 전쟁을 일으켜 식량을 빼앗고 여자들과 아이들을 강간했다. 그러던 어느 날 그 추장은 아프마 부족을 약탈한 뒤 한 여자를 포로로 잡아왔다. 전통 직물 짜는 솜씨가 뛰어난 그 아름다운 여인의 이름은 마탕위프였다. 테트파 추장은 질투 어린 눈으로 그녀를 감시하며 아무도 그녀 근처에는 얼씬도 하지 못하게 했다. 그럼에도 불구하고 그녀는 날마다 해변으로 나가 판다누스 섬유들을 씻어 햇볕에 널어 말렸다.

그 바다의 또다른 해안에 위치한 암브림 섬에는 라바라는 이름의 젊은 남자가 살고 있었다. 매일 오후, 라바는 라가 해변에서 뭔가가 햇빛을 받아 눈부시게 반짝이는 것을 보았다. 호기심이 생겼다. 어느 날, 라바는 그 빛의 정체가 무엇인지 직접 가서 확인해보기로 했다. 카누를 타고 바소소다 해변에 다다른 그는 바닷물에 섬유 다발을 빨고 있는 아름다운 젊은 여인을 발견했다. 그녀에게 한눈에 반한 라바는 그녀를 카누에 태워 자기가 사는 섬으로 데려가려 했다. 하지만 그녀는 자신의 잔악한 주인이 와서 죽이기 전에 빨리 달아나라고 했다. 라바는 그녀의 말을 듣지 않았다. 그 후로 매일 아침 그는 마탕위프를 만나기 위해 카누를 타고 바다를 건너왔다. 그들은 아무도 모르게 사랑을 나누었다. 하지만 테트파 추장이 의심하기 시작했다. 어느 날 추장은 덤불숲 뒤에 숨어 몰래 엿보고 있다가, 라바가 마탕위프를 만나는 순간 불시에 그를 덮쳤다. 분노

한 추장은 마탕위프의 애원에도 아랑곳하지 않고 자신의 연적인 라바의 가슴을 창으로 찔렀고, 결국 라바는 사랑하는 여인의 품에서 죽었다. 죽기 전에 그는 그녀에게 비밀 한 가지를 털어놓았다. “내가 죽으면,” 그가 마지막 숨을 거두며 말했다. “내 무덤에 넝쿨이 자랄 거요. 그것으로 직물을 염색하시오. 나와의 추억이 항상 마음속에 남아 있도록.” 그날 이후로 라가의 여인들은 하얀 직물에 피처럼 새빨간 라바 넝쿨의 염료로 문양을 내고 있다. 그녀들은 그것을 해변에 널어 말린다. 그 옛날 마탕위프가 사랑하는 남자를 만나던 그곳에서.

‘블랙버드’

오늘날 이 해안에 다다른 여행자들은 이곳의 어둡고 적대적인 면모에 놀란다. 바다에서 수직으로 솟은 검은 절벽들, 구름에 가려진 높은 산들. 만화로 풍자될 정도로 관광지의 모든 것(밀월여행을 위한 호화 저택과 호텔들, 카지노, 술집, 나이트클럽, 면세점)을 집결시켜놓은 듯한 에파테 섬을 제외하고, 이곳에는 유기된 듯한 황폐한 분위기가 지배적이다.

포르투갈인 케이로스, 프랑스인 부갱빌 또는 영국인 쿡 같은, 이 해안에 처음 상륙한 유럽의 탐험가들은 마치 그 섬들이 수세기 전부터 두려움에 얼어붙어 있었던 것처럼 거의 똑같은 인상을 회고했다. 이 항해자들이 솔직히 아무런 악의 없이 그곳을 찾아간 것은 아니었다. 최초의 접촉은 잔인했다. 몇 달 내내 항해를 해온 뒤여서 선원들은 자신들에게 부족한 것을 그곳에서 채우려 했다. 식량, 식수, 그리고 여자. 그들에게 저항하려 한 섬사람들은 혹독한 대가를 치렀다. 카누가 선박 쪽으로 접근해오자, 선장은 선원들에게 섬사람들을 장총으로 조준 사격하라고 명령했다. 대구경 포, 소구경 포가 신기해서 좀 더 가까이서 구경하고 싶어했던 섬사람들은 공포에 사로잡혀 어찌할 바를 몰랐다. 항복한 섬사람들은 이방인들의 분노를 진정시킬 수 있는 것이라면 무엇이든 내주었다.

멜라네시아인이나 폴리네시아인들을 굴복시키기 위해 동쪽에서 온 초자연적인 존재들에 대한 전설은 없었던 듯하다—그런 전설이 아메리칸인디언들 사이에 한 번도 존재한 적이 없고, 정복을 미화하기 위해 완벽하게 지어낸 이야기도 없었던 만큼.

이 제도에 사는 사람들은 그들 이방인이 섬 주민을 상대로 자기네 무기와 선박의 우수성을 시험했다는 것을 즉시 알아차렸다. 그 결과, 항로가 개척되면서 프랑스나 영국 또는 에스파냐 선박들이 남태평양에 모습을 드러내기 시작했고, 이곳 섬 주민들은 해안을 떠나 섬 안쪽으로 피신하게 되었다. 끝까지 해안가에 남아 있던 사람들은 자신들의 마을과 농작물을 포기해야만 했다. 그러던 어느 날 돛 하나가 수평선에 모습을 드러냈다. 마을 안으로 들어선 부갱빌, 그는 음식이 아직 따뜻하고 아궁이 불도 꺼지지 않은 것에 놀랐다.

이 첫 탐험에서 그들이 원한 것은 약탈과 철저한 식량 독점이었다. 첫 접촉 때부터 무자비한 수탈과 만행의 틀을 구축한 이 항해자들—이 모험가들—을 강도 높게 비난한다 해도 누구도 뭐라 할 수 없을 것이다. 분명 이 항해자들 중 어떤 이들은 함정에 빠지거나, 공격해오는 원주민들에게 사로잡히거나, 그도 아니면 멜라네시아 사람들의 체념에서 나오는 유순하고 굴종적인 모습에 속아 자신들의 목숨을 지불하기도 했다. 그런데 유럽의 항해자들은 자신들이 약탈하고 살육한 사람들과 그렇게 달랐을까? 섬 주민들에게 가해진 약탈은 분명 재물을 빼앗고 노예를 생포하기 위해 섬의 부족민들 사이에서 흔히 벌어지던 관행과 크게 다르지 않았다. 차이점이라면, 섬 원주민들은 도덕과 문명을 전파하기 위함이라는 구실을 내걸지 않았다는 것, 그리고 그 과정에서 벌어진 의례적인 전쟁은 분명 덜 위험했다는 것이다. 게다가 섬 주민들은 전염병이라는 치명적인 무기도 가져오지 않았다.

20세기 초 이래 태평양에서 이루어진 유럽과 북아메리카 탐험대들의 '발견'은 엄청난 인명 피해를 대가로 얻은 결과라는 것을 기록으로 확인할 수 있다. 『야만적 문명*Savage Civilization*』에서 톰 해리슨은 한 세기가 조금 넘는 기간 동안 뉴헤브리디스 제도의 급격한 인구 감소를 수치로 보여준다.

1800년 거주민 1,000,000명으로 추산

1882년 600,000명(스파이저의 추산)

1883년 250,000명(토머스의 추산)

1892년 100,000명 이하(런던 식민성)

1911년 65,000명(영국 정부의 조사)

1920년 59,000명(상동)

1935년 45,000명(상동)

해리슨에 따르면, 인구 감소의 주요 원인은 "대체적인 피해 규모로 봤을 때 유행성이하선염, 유행성감기, 콜레라(1836년의 전염병), 천연두, 백일해, 성홍열, 뇌막염, 디프테리아 순"이었다.

뉴헤브리디스 제도의 인구 감소 원인 가운데에는, 그리고 의심의 여지 없이 오늘날까지도 그곳 사람들이 유린당했다고 느끼는 기저에는 프랑스와 영국의 식민지 개척자들이 원주민들에게 강요한 노동 체제가 있다. 그들의 본국에서 인정받지 못한 이 노동 체제는 '블랙버딩blackbirding(흑인 노예무역)'이라는 이름으로 태평양 섬들의 정복에 관한 우울한 전설을 탄생시켰다. 뉴헤브리디스 제도에서는 1850년부터 1903년까지 오스트레일리아의 법이 합법적으로 시행되었다. 특히 바누아투에서는 강제로 동원된 노동력 무역, 다시 말해 흑인 노예무역이 행해졌다.

'블랙버드', 즉 검은티티라는 명칭이 모든 것을 말해준다. 그것은 식민지 개척자들이 삶의 권태를 메우기 위해 대척지들로 인간사냥 원정을 떠났을 때, 오스트레일리아의 덤불숲에 사는 원주민들에게 붙여준 별명이었다. 남아프리카 식민주의자들도 부시먼족 사람들에게 똑같은 짓을 했다.

노동력의 엄청난 중요성을 가장 먼저 인지한 사람은 정치가 시드니 로버트 타우니였다. 잡히면 죽음을 면치 못한다는 것을 수없이 봐왔으면서도 집으로 돌아가기 위해 버릇처럼 농장에서 달아나는 원주민들이 바로 그가 말하는 노동력이었다. 최초의 공식적인 노예무역상은 오스트레일리아인 벤저민 보이드였고(1847년), 그 후로 빠르게 다양한 국적의 많은 이들이 노예무역에 뛰어들었다. 상황은 유리했다. 백단나무 숲과 해삼과 바다거북 낚시에 싫증이 난 사업가와 선주 들은 인간을 사들여 되파는 일에서 황금 알을 낳는 새로운 판로를 발견했다. 영국과 대다수 문명국들에서는 1830년 이래로 흑인 노예무역이 금지되어 있었다(프랑스에서는 1848년부터). 영국의 초계함들은 노예상인들을 막기 위해 남쪽 바다를 감시하고 있었다.

그러나 미국에서 남북전쟁이 끝나면서 아프리카 흑인 노예무역이 실질적으로 중단된 바로 그 시기에 이 지역의 '블랙버딩'은 성황을 이루기 시작했다. 그 가증스러운 무역이 자리 잡을 수 있었던 것은 노예무역상들이 법망을 교묘히 빠져나갔기 때문이다.

역설적이게도 태평양에서 노예무역의 물꼬를 튼 것은 미국의 노예제도 폐지 운동과 내란이었다. 미국 남부의 흑인 노예제도를 지지하는 주들에서 대농장들이 붕괴함에 따라 면화 가격이 열 배로 치솟자, 오스트레일리아 사람들은 자기들 대륙의 열대 지역, 퀸즐랜드 주의 브리즈번 부근에서 대대적으로 면화를 재배하기 시작했다.

공식적으로 면화 재배 노역자들의 고용은 완벽하게 합법적으로 이루어졌다. '지원자'들은 노동의 대가로 매달 10실링을 받고 12개월 뒤에는 본국으로 돌아갈 수 있다는 계약서에 서명을 했다.

그러나 현실은 완전히 달랐다. 노예무역상들의 선박에는 칼과 총으로 무장한 피지 섬이나 사모아 섬의 민병대원들이 승선해 노역자 고용을 책임졌다. 뉴헤브리디스 제도나 솔로몬, 길버트 제도의 원주민들은 선물을 나눠 준다는 꼬임에 빠져 노예선으로 몰려들었다가 납치되어 퀸즐랜드나 피지의 면화 농장이나 사탕수수 농장 또는 뉴칼레도니아의 니켈 광산으로 팔려나갔다. 그들에게 임금이 지불되는 경우는 극히 드물었고, 간혹 있다 해도 회사가 운영하는 가게에서 먹을거리를 살 수 있을 만큼의 금액이

전부였다. 본국으로 돌려보내준다고 약속한 조항은 대부분 지켜지지 않았다. 어쩌다가 본국 송환이 이뤄진다 해도, 선장들은 출항 후 처음 나타나는 섬에 멜라네시아 노역자들을 하선시키라는 지시를 받았는데, 그것은 그들을 사형에 처하거나 다른 노예선에 되팔아도 된다는 얘기나 다름없었다.*

비난받아 마땅한 프랑스와 영국 식민지 당국의 무관심 속에 자행된 이 새로운 종류의 노예무역 과정에는 잔혹 행위가 있었다. 이는 과거에 인도 회사를 위해 노예상인들이 저지른 잔혹 행위와 비교해도 전혀 뒤지지 않을 만한 것이었다.

점점 더 많은 노동력을 충당하기 위해, 선박들은 뉴헤

* 강제 노역자들이 서명한 계약서의 내용은 새로울 게 없었다. 볼테르는 노예제도를 반대하는 글에서 그로티우스('국제법의 아버지'로 불리는 네덜란드 법학자)의 말을 인용한다. 그로티우스는 노예제도란 노예와 주인 간의 계약에 의해 성립된, 자유의사에 따른 행위라고 정당화했다. 볼테르는 "그 계약 내용 중 한 조항만이라도 보여달라. 그러면 그것을 믿겠다!"라고 비난했다.(원주)

브리디스 제도의 해안에서 대대적인 노예사냥을 벌이곤 했다. 말레쿨라, 에스피리투산토, 펜테코스트, 암바에에서 노예무역으로 인한 마찰이 일어났고, 식민지 당국들은 이를 잔혹하게 진압했다. 1878년과 1880년에 많은 마을들이 해군의 함포사격으로 불에 타고 파괴되었다. 영국 정부의 요구에 따라 조사위원회가 뉴칼레도니아에서 소집되었는데, 이는 이 지역에서 벌어진 수탈에 대한 배상 책임을 결정하기 위한 것이었다. 그러나 피고인(즉 노예 상인)들은 프랑스 당국과 사전에 공모해, 재판에 회부되기 전에 식민지를 떠날 수 있도록 조치되었다. 원주민들이 노예무역선 '에밀리' 호와 '클라라' 호를 공격하자, 그에 대한 보복으로 영국 전함 '로자리오' 호가 에스피리투산토 섬의 마을들을 포격하고, 섬에 상륙한 해병대원들이 돼지들을 도살하고 농경지를 쑥대밭으로 만들었다. 암브림 섬에서 영국 식민지 개척자들이 살해되자, 전함 '알바트로스' 호가 마을 주민들에게 무차별적인 보복을 가했다. 1880년에 에피(에파테 섬의 북부)에서 노예상인인 영국계 프랑스인의 노예사냥으로 폭동이 일어나자, 전함 '스탠리' 호가 즉시 마을들에 함포사격을 가하고 농경지를 불태움으로써 그 폭동을 피의 보복으로 진압했다.

해리슨에 따르면, 노예선 원정대의 대장들은 "백인종 중에서도 최고 악질들"이었다. 멜라네시아 사람들을 두려움에 떨게 하려고 자신의 한쪽 눈에 박혀 있던 유리 눈알을 넣었다 뺐다 하며 장난쳤던 칼 산티니, 일명 '애꾸눈 선장'이나 자신의 의족으로 비슷한 장난을 쳤던 프록터 같은 다른 시대의 잔인한 해적들처럼 양심의 가책이라고는 조금도 느끼지 않고 거리낌 없이 행동한 탐험가들. 비교적 악명이 높진 않았지만 그렇다고 덜 악독하지도 않았던 '칼' 호의 머리Murray 같은 노예상인들은 아프리카 해안의 노예상인들과 똑같이 행동했다. 이 반인륜적인 범죄들은 대부분 식민 사법기관의 법망을 교묘히 빠져나갔다. 과거에 아프리카 흑인들의 증언이 그랬듯이, 멜라네시아인들의 증언 역시 대영제국의 법정에서 받아들여지지 않았다. 그럼에도 불구하고 피지로 향하던 노예선 '더 영 오스트레일리언' 호에서 탈출한 파마 섬의 멜라네시아인들을 집단 학살한 사건이나 '호프풀' 호에 납치당한 원주민들을 학살한 사건 같은 몇몇 소송이 여론을 자극하기에 이르렀다. 그 여파로, 기독교로 개종한 한 원주민 생존자가 요행히 시드니 법정에 증인으로 서게 되었다. 그는 자기 마을의 추장이 갈고리에 매달려 노예선 갑판에서 죽임을 당했고, 반항하는 포로들은 대부분 선창에 갇힌 채 갑판 승강구에서 쏘아대는 총알에 맞아 죽었다고 증언했다. 소송이 계속 이어졌지만 원주민들에 대한 피해 사실은 정당하게 평가받지 못했고, 가해자들에게는 결국 무죄가 선고되었다. 그러나 학살에 대한 증언들이 멜라네시아의 폐쇄된 반경 바깥으로 퍼져나가면서 노예상인들의 만행에 대한 소문이 들끓기 시작했다. '지원자들'*의 인권 실태를 조사하기 위해 영국에서 파견된 조사 책임자 마컴은 "노

* 노예무역상들은 자신들이 노예를 납치한 것이 아니라 지원자들을 합법적으로 고용한 것이라고 주장했다.

예무역을 하는 사람들이 저지르는 상상을 초월하는 끔찍한 행위들, 사실상 납치와 다를 바 없는 노동력 모집 방식"*에 대해 말했다.

1872년, 원주민들을 납치하기 위해 수도사로 변장해 이 섬을 들락거리던 어느 노예무역상인 때문에 공교롭게도 암바에 섬을 방문한 패터슨 주교가 살해당했다는 사실이 알려지면서 공포는 절정에 다다랐다. 이 사건으로 빅토리아 여왕은 큰 충격을 받았고, 그해 런던에서는 어떤 노예무역상인이라도 법의 보호를 받을 수 없도록 '납치범 처형법'을 통과시켰다. 그러나 가증스러운 노예무역은 여전히 횡행했다. 1903년 '태평양 섬 노동자법'이 시드니 의회에서 가결되고 나서야 비로소 노예무역 체제의 종지부를 찍게 되었다. 사실 노예무역 체제를 끝낸 것은 인도주의적인 이유보다는, 오스트레일리아 지주들이 식민지

---

* 샤를렌 구르게숑, 『금기의 제도*L'Archipel des tabous*』, 파리, 라퐁 출판사, 1974년 참조.(원주)

내에 흑인 인구가 자신들보다 점점 더 많아지고 있는 것에 두려움을 느끼기 시작했기 때문이다.

오랫동안 무시되어왔거나, 태평양 식민지 역사에서 사소한 일화처럼 여겨져온 노예무역의 관행은 뉴헤브리디스 제도를 황폐화하는 데 결정적인 역할을 했다. 조엘 본메종*에 따르면, 1863년부터 1904년(노예무역의 마지막 해)까지 퀸즐랜드는 6만 819명의 '카낙Kanak'**을 노예로 들여왔는데, 그중 적어도 절반이 솔로몬 제도와 바누아투에서 끌고 온 사람들이었다. 같은 시기에 피지의 사탕수수 농장주들은 2만 명의 노예를 들여왔고, 뉴칼레도니아의 광산주들 역시 같은 수의 노예를 수입했다. 독일령 사모아에도 마찬가지로 멜라네시아인들이 보내졌다. 19세기 후반에는 10만 명 이상의 멜라네시아 여자들과 남자들

---

* 조엘 본메종, 『나무와 카누*L'Arbre et la Pirogue*』, 파리, 오르스통 출판사, 1986년.(원주)

** 뉴칼레도니아에 사는 멜라네시아 원주민을 일컫는 말.

이 팔려나갔는데, 그중 대부분이 고향 땅으로 영원히 돌아오지 못했다. 그로부터 100년이 흐른 지금까지도 그 여파를 찾아볼 수 있다. 아직도 이 해안들에 감도는 불안한 분위기, 그리고 마을들이 깊은 산 중턱에 자리 잡고 있다는 사실은 수평선에 돛이 나타날 때마다 두려움에 떨어야 했던 원주민들의 그 저주받은 시절을 여실히 증명한다.

20세기 전반기에 쓰인 민속학자들의 여행기를 읽을 때마다 놀라게 되는 것은 바로 다음과 같은 사실 때문이다. 생존자들의 은신, 서양 사회에 대한 그들의 지속적인 경계심, 식민지화 시도와 신기술 도입(카카오나 커피 재배, 코프라 공장, 또는 단순한 도로 건설과 지적도地籍圖)에 대한 적대적인 태도. 독립할 때까지 멈추지 않았던 저항의 원동력으로 작용한, 조상 대대로 이어져온 전통과 가치관으로 되돌아가려는 그들의 성향. 이것은 멜라네시아의 옛 문화가 우수했다는 확신 때문이 아니라, 외국인들과의 무역에는 언제나 거짓과 사기 협잡이 뒤따른다는 확신 때문이었다.

나는 팡기 마을의 호모 만 해변을 걷는다.

이곳은 아마도 세계 최고의 절경 중 하나일 것이다.

호모 만은 만곡이 거의 없고 드넓다. 이 만은 남쪽으로 람부토르 곶까지, 이곳 사람들이 장난스럽게 '요리사 모자'라고 부르는 바위 더미로 이루어져 있다(실제로 그곳을 보면 뱃사람 머리에 엉뚱한 요리사 모자가 씌워져 있는 모습을 쉽게 상상할 수 있다). 수평선에는 암바에 섬이 있다는 것을 알려주는 구름 더미가 보이고, 그 반대편에는 말레쿨라 섬이 보인다. 또다른 끝에는 암브림 화산들의 푸르스름한 윤곽이 보인다.

바다는 순수한 푸른색이다. 관광객들이 몹시 좋아하는 함수호의 터키옥색이 아니라, 강렬하고 짙은 파란색. 펜테코스트에는 산호초가 없다. 심해에서 솟아오른 단 하나의 기다란 화산, 그 능선이 바로 이 섬이다. 이 섬에는 태초의 장엄함 같은 것이 있다. 수백만 년 동안 마치 하늘이 땅 위로 무너져 내리듯 비와 폭풍이 내리친 뒤에도 여전히 지표면 위로 마그마가 흘러내리던 골짜기들을 물속에 가라앉히며 거대한 바다가 만들어질 때의 그 장엄함.

지질학적으로 마지막 재앙은 약 400년 전에 일어났다. 그때 화산 분화에 이어 이 제도의 중앙 섬이 붕괴되면서 그곳에 살고 있던 모든 것들이 바닷속에 잠겼다. 지진이 일어난 곳에는 오늘날 몇몇 작은 섬만 남아 있는데, 쿡의 부하 한 명의 이름을 딴 셰퍼드 제도가 그것이다. 그 섬들 가운데 신비로운 통오아 섬이 있다. 이곳의 현무암 석물들은 첫 카누에 탔던 남자와 여자가 앉아 있던 위치를 상징한다.

나는 모리셔스에서처럼 야자나무들과 그 뒤쪽의 거인 같은 용수나무들, 그런 나무들이 그늘을 드리운 채 길게 뻗어 있는 조약돌(산호 조각들이 섞여 굳은 화산암) 해변을 걷는다.

뉴질랜드와 오스트레일리아에서 건너온 수수한 범선들, 그리고 더 멀리 정박지에는 내가 타고 잠시 항해를 했던 거대한 '부되즈' 호가 있다. 외국 배들은 세상 어디로든 신기한 구경거리를 좋아하는 사람들, 카누에 탄 과일 상인이나 조악한 민속품을 파는 상인 무리를 끌어들일 것이다. 하지만 이곳에서 그 배들을 맞이하는 것은 예의 바른 침묵이다. 그것은 아마도 적대감과 뒤섞인 무관심이리라. 몇몇 아이들만 해변에서 야자나무 열매를 가지고 놀고 있다. 용수나무 그늘 아래에서 두세 명의 노인이 그 광경을 묵묵히 바라보고 있다.

내가 윌리 추장(팡기 마을의 세습 부족장 윌리 오리온 베베. 이곳의 유일한 호텔, 즉 지상 다이빙인 골Gol*을 하는 시즌에 찾아오는 관광객들이 묵는 해변 방갈로들의 소유주)에게 그걸 언급하자, 그가 노예무역상인들에 관한 자료에 끼워 넣을 만한 흥미로운 이야기를 들려준다.

* 펜테코스트 섬은 번지점프의 시초가 된 지상 다이빙의 본고장이다. 매년 4월과 6월 사이 어린 소년부터 성인 남자들이 높이에 맞춰 발목에 덩굴줄기를 묶고 인공으로 만든 나무판자 위에서 맨땅으로 뛰어내리는데, 이는 섬 주민의 주식인 얌의 풍요를 기원하는 토착 종교 의식이다.

그는 바누아투 독립 당시 처음이자 마지막으로 바투아투를 방문한 엘리자베스 2세를 영접하기 위해 세운 콘크리트 잔교를 가리키며 말한다.

"바로 이곳에서 절대 잊을 수 없는 사건이 느닷없이 일어났습니다. 우리 증조부님이 살아 계시던 시절에 일어난 일인데, 당시 우리는 기독교인이 아니었고, 번랍 마을에서 관습에 따르며 살고 있었지요."

윌리 추장은 오십 줄에 접어든 남자로, 여러 가지 일을 하다가 지금의 사업을 시작하게 되었다(현재는 무역회사와 호모 만에 위치한 호텔을 소유하고 있다). 그의 설명에 따르면, 그의 이름은 그가 '상어'(사sa어로는 '베') 같은 인물이라는 의미에서 붙은 것이라고 한다. 실제로 그가 호모 만에서 가장 무서운 상어라는 소문이 섬 남쪽에 퍼져 있고, 그래서인지 진짜 상어들이 위험을 무릅쓰고 이곳에 출몰하는 경우가 극히 드물다고 한다. 하지만 그는 현명하고 호감 가는 인물일 뿐만 아니라 나와도 아주 좋은 관계를 유지하고 있다.

지금도 옛 모습 그대로 남아 있는 호모 만 부두에서 영국 여왕과 필립 공이 왕실 전용선에서 하선하던 당시 그는 20대였다. 그 해변, 그 해안 일대가 사람들로 새카맣게 뒤덮였다. 펜테코스트, 암브림을 비롯해 많은 섬 주민들이 여왕 부부를 보러 왔다. 당시 영국 언론은 어떤 식으로든 원주민들이 여왕의 방문을 열광적으로 환영했다고 보도해야 했다. 하지만 지금 윌리가 나에게 들려주는 이야기는 영국 언론에서 말하던 그 열광적인 분위기와는 사뭇 다른 내용이다.

윌리가 말을 잇는다.

"바로 여기, 이 해변에 어촌이 있었어요. 하지만 이제 그 마을은 사라지고 없지요. 어느 날, 그 마을 사람들은 수평선에서 커다란 돛을 보았어요. 아주 높다란 돛대가 있는 엄청나게 거대한 검은 배였어요. 당신이 타고 온 배보다 훨씬 더 큰 배였지요. 마을 사람들은 겁에 질렸어요. 그 배를 타고 오는 백인들은 사악한 인간들이어서 닥치는 대로 훔치고 약탈할 뿐만 아니라 섬사람들을 남녀 가리지 않고 납치해다가 아주 먼 곳에 팔아넘긴다는 걸 이미 알고 있었으니까요.

그래서 그들은 서둘러 산으로 피신했어요. 그리고 숲 속에 숨어 그 배가 떠나기만을 기다렸지요. 그런데 급히 피하느라 마을 앞 해변에 어떤 아이를 깜빡 잊고 두고 온 거예요. 여자들이 전통 직물의 재료로 쓰는 종려나무와 같은 이름의 '베베오'라는 열한 살짜리 소녀였지요. 그곳에 홀로 남겨진 아이는 그 자리에서 꼼짝도 하지 않고, 배를 타고 다가오는 남자들을 바라보고 있었어요. 아이는 그들이 위험한 사람들이라는 걸 몰랐어요. 해변에 내린 남자들은 자신들이 늘 하던 대로 했지요. 돼지와 닭 들을 잡아가고, 타로 뿌리와 얌을 가져갔어요. 그러더니 자신들이 그곳에 헛걸음했다는 것을 알고는 화가 나서 마을에 불을 질러버렸지요. 베베오는 그들의 포로가 되었어요. 그들은 그 아이를 커다란 배에 태워 갔어요. 아이가 아무리 울고불고 애원을 해도 그들은 눈 하나 깜짝하지 않고 아이를 데려갔고, 아이의 부모는 그 후로 다시는 딸을 보지 못했지요."

그는 말을 멈추고, 마치 어제 일어난 일을 이야기하듯, 마치 자기 눈으로 그 사건을 지켜보기라도 한 듯 수평선을 바라본다. 멀리 만 한가운데, 내가 타고 왔던 커다란 검은 배가 서서히 항진 속도를 높이고 있다. 그 배를 보니, 전설의 그 배가 다시 돌아오고 있다고 윌리가 한순간 착각할 수도 있겠다는 생각이 들었다.

멜라네시아인들은 자식 사랑이 유별나다. 윌리 추장에게는 아들이 여럿 있는데, 그중 한 아들이 매년 골에 참가한다. 하지만 윌리가 더 좋아하는 자식은 그 아래의 두 딸이다. 넬리와 데이지. 넬리는 열여섯 살, 데이지는 열다섯 살이다. 윌리는 막내딸이 무탈하게 어른이 될 수 있을지 늘 걱정이다. 라가 섬의 다른 모든 사람처럼, 그에게도 자식이 납치당하는 것보다 더 끔찍한 일은 없다. 텅 빈 이 해변에서, 그 비극적인 장면이 전개되었던 이곳에 여전히 불안감이 떠도는 이유를 나는 문득 깨닫는다. 틀림없이 세네갈 해안의 원주민들도 바로 이와 같은 불안감을 자주 느끼리라. 그곳에서도 노예 매매가 이루어졌으니까. 노예선들이 납치해 온 포로들을 몰래 하선시키던 모리셔스의 리비에르 누아르 만에도 그와 같은 감정이 지금껏 감돌고 있다.

"베베오가 어떻게 되었는지는 아무도 몰랐어요. 그런데 들리는 얘기로는 그 배가 아이를 아주 멀리, '퀸살라'(퀸즐랜드)라는 곳으로 데려갔다지요. 그런데 그곳에 도착하자마자 아이가 병이 나는 바람에, 아이를 어떻게 처리해야 할지 몰라 고민하다가 대농장에서 일하던 어느 흑인 노인에게 줬는데 그 노인이 아이를 자기 노예로 삼았다고 하더군요. 하지만 마을 사람들은 그 아이가 돌아오기만을 기다렸어요. 아이 엄마와 오빠들은 베베오를 기다리며 매일같이 바다를 망보고 있었지요. 그들은 커다란 검은 배가 되돌아오기를 기다렸어요. 그러다가 그들은 죽었고, 그 뒤로 그 후손들은 더이상 기다리지 않게 되었지요. 하지만 그들은 언젠가 베베오가 돌아오리라고, 백인들이 납치해 간 그 아이를 돌려줄 거라고 믿고 있었어요."

엘리자베스 여왕의 하선을 위해 만든 부두는 심하게 파손되어 있다. 바닷물에 콘크리트가 부식되어 그 속의 녹슨 철근들이 훤히 드러나 있다. 계단은 폭풍우에 끊어졌다. 아무도 그것을 수리하지 않는다. 그러니 몇 년 뒤면 분명 이 부두는 자취도 없이 사라질 것이다. 윌리는 이야기를 계속 이어나간다.

"그래서 여왕이 온다는 걸 알았을 때, 이곳 사람들은 그 아이도 데려올 거라고 믿고 기다렸어요. 나라에서 알려주기도 전에 그걸 알았지요. 누군가가 그런 꿈을 꾸었고, 그래서 그게 현실로 일어날 게 분명하다고 생각했던 거지요. 여왕이 이곳에 올 것이다, 여왕이 베베오가 납치당했던 바로 그 자리에 발을 디딜 것이다. 실제로 그 아이가 돌아온 건 아니었지만 여왕은 이곳 사람들의 생각을 인정해주었고, 베베오 대신 남편인 필립 공과 함께 이곳에 왔지요.

그래서 사람들은 여왕이 배에서 내렸을 때 열렬히 환호하며 반겼어요. 하지만 그들의 희망은 이내 꺾이고 말았지요. 여왕이 필립 공을 다시 데려가버렸으니까요. 그래서 정의는 회복되지 못했어요."

그토록 오랜 세월이 흐른 뒤, 멜라네시아 소녀를 대신한 여왕의 남편. 그 대체는 타당한 것이었다. 물론 영국인들은 아무것도 보지 못했고 아무것도 이해하지 못했다. 그 대신, 여왕을 기쁘게 해주려는 마음에서 지각없는 몇몇 사람이 섬 남쪽, 포인트크로스에서의 골을 계획했다. 그런데 그곳은 이제까지 한 번도 다이빙을 한 적이 없는 장소였다. 게다가 골을 하기에 적합한 계절도 아니었다. 덩굴이 너무 메말라 중간에 끊어지는 바람에 다이빙을 하던 사람의 척추가 부러졌다. 여왕 부부는 그 사실을 알았을까? 윌리는 고개를 저으면서 투덜댄다.

"그 사고가 일어난 게 덩굴 때문이라는 말이 있었지만 그건 사실이 아니에요. 골의 정령이 오지 않았던 거지요. 골의 정령이 임하지 않으면 높은 탑 위에서 뛰어내려 살아날 사람은 이 세상에 아무도 없어요."

암브림 섬이나 탄나 섬의 멜라네시아인들도 필립 공을

기다렸다. 창의적이고 자연스럽게 자신들의 신화를 실천하며 사는 민족인 그들은 자신들이 숭배하는 메시아이자 영웅인 존 프럼과 필립 공을 같은 존재라고 생각했다. 그가 와서 모든 외국인들을 몰아내고 조상 대대로 내려오는 전통을 섬 주민에게 되돌려줄 것이라고 말이다. 성급한 민속학자들과 자극적인 것을 추구하는 영화감독들은 이것을 가지고 그 유명한 '화물 숭배Cargo cult'를 만들어냈다. '화물 숭배' 의식에서 필립 공은 풍요로움을 가져다주는 그 모든 비밀을 언젠가는 풀어놓아야 한다.* 진실은 겉보기에 단순할수록 알고 보면 훨씬 더 복잡한 법이다. 베베오, 팡기의 검은 해변에서 납치당한 그 아이는 언젠가 돌아올 것이고, 그때부터 황금기가 시작될 것이다. 그때가 되면 시간이 처음으로 되돌아가고, 굴욕과 가난의 세월이 단번에 씻겨나갈 것이다.

* 1974년 영국 여왕과 필립 공의 방문 이후, 원주민들은 필립 공을 존 프럼과 연관시키며 신성시했다.

타로, 얌, 카바

라가의 식물들은 매력적이다.

타히티, 마르티니크, 모리셔스, 레위니옹 등 다른 많은 화산섬들과 마찬가지로 라가 역시 무엇보다 식물들의 천국이다.

카누를 타고 몇 주 동안 항해를 한 마탕타레, 마탕세세, 타비탕, 마탕위프는 마침내 뭍에 다다랐다.

그들은 결코 돌아가지 않을 결심으로 고향을 떠나왔다.

저 멀리, 그들이 도망쳐 나온 거대한 땅은 전쟁으로 모든 것이 파괴되었다. 아이들과 노인들은 시들어가는 꽃처럼 그 자리에서 서서히 말라 죽었다. 죽어나가는 이들이 너무 많아서 더는 땅에 묻을 수도 없었다. 그들의 시신은 개와 멧돼지들에게 뜯어 먹혔고, 그들의 뼈에는 개미들이 우글거렸다.

이 섬은 수평선을 가로막고 있는 높다란 검은 돌벽이다. 해 질 무렵이면 벽의 꼭대기가 안개 속으로 사라진다. 자갈 해변에 늘어선 나무들이 잔뜩 인상을 찌푸리고 있다. 용수나무는 악마들의 집이다.

여행자 일행은 해변에서 야영을 했다. 이곳은 잿빛 자갈이 깔린 큰 만으로, 그 끝에는 산호층이 형성되어 있다. 밤이 오기 전에 마탕타레와 여자들은 쇠갈고리가 달린 나무 막대를 들고 물속으로 들어갔다. 그리고 조개 몇 개, 낙지, 해삼을 갖고 돌아와 잉걸불에 달군 돌판에 올려놓고 구웠다. 이윽고 밤이 되었다. 달도 뜨지 않은 고요한 밤이었다. 해안으로 되밀려오는 파도 소리와 종려나무들을 두드리는 가는 빗소리뿐.

하지만 바닷가에서 평생을 살아온 마탕타레는 딸을 가슴에 꼭 끌어안고는 이내 잠이 들었다. 아무도 불침번을 서지 않았다. 잠든 여행자들 아래서 섬은 마치 커다란 바다동물처럼 느릿느릿 몸을 흔들며 허리를 뒤틀고 있었다.

동이 틀 무렵, 남자들은 농사지을 만한 곳을 찾아 나섰다. 가파른 비탈에 비교적 평평한 땅이 있었다. 무너져 내린 흙과 돌들이 발코니를 이루는 곳이다. 멀지 않은 곳에서 강이 노래를 부르고 있다. 타비탕은 땅을 일구기 전, 산 자들이 정착해 땅을 파고 씨를 뿌릴 수 있도록 허락해 달라고 섬의 정령들에게 기도를 한다. 정령들은 산속 곳곳에 있다. 동굴 밑바닥에도 살고, 커다란 나무둥치 속이나 식물들의 잎사귀, 강물 속에도 있다. 그리고 바다에 사는 정령들은 뱀장어나 스트롬부스*의 몸을 하고 있다.

---

* 조개류.

남자들, 여자들, 아이들은 그 자갈투성이 비탈에서 일을 했다. 나무뿌리를 뽑아내고, 흙을 일구고, 돌을 골라내고, 도랑을 만들고, 잡초를 뽑고 불을 질러 땅을 깨끗하게 만들었다. 그러고 나서 고향 섬에서 가져온 마법의 돌들, 얌 돌, 타로를 위한 붉은 돌을 땅에 묻고, 호리병박, 양배추, 호박 같은 식물들의 씨를 심었다. 언덕 위 어느 숲 속 빈터에 그들은 최초의 빵나무를 심었다. 어느 한 곳에는 번려지, 빵나무, 잠볼롱나무, 오렌지나무 같은 과일나무들을 심었다. 그리고 여주, 완두, 피망 씨앗도 뿌렸다.

그들은 바다가 내려다보이는 고원에 집을 지었다. 나뭇가지로 벽을 세우고 잎으로 지붕을 얹은 오두막이다. 남자들만 출입할 수 있는 카말은 크고 아름답다. 기다랗게 생긴 그 오두막은 낮에는 그늘이 들어 시원하고 밤에는 따뜻하다. 여자들은 맨발로 흙을 다져 춤터를 만들었다. 남자들은 고향을 떠나올 때 전통 직물에 싸 가지고 온 돼지의 아래턱을 카말의 대들보에 걸었다. 그 나선형 이빨들은 흐르는 시간을 상징하고, 대를 이어 번성할 자손을 상징한다.

그 모든 것을 끝마쳤으니 이제 이 땅은 그들의 것이다. 그들이 이 땅을 영원히 소유한다는 것이 아니라 이 땅에서 살고 이 땅을 향유한다는 의미다. 그들이 자신들의 역사를 계속 이어갈 수 있도록 죽은 자들의 혼령이 이 땅을 내어준 것이다. 이 땅은 그들과 함께 살아 움직이는 존재이며, 전율과 욕망이 스쳐 지나는 그들의 살이다.

라가에서의 그 첫 며칠 밤을 그들은 기억할 것이다. 아궁이의 돌이 아직 땅속 깊숙이 뿌리내리지 못했으므로 죽은 자들의 혼령이 그들을 바닷속으로 데려갈 수도 있는 그 첫 몇 해 동안, 그들은 아마도 태초에 관해 이야기를 나눌 것이다. 최초의 인간들이 어떻게 이 땅에 나타났는지를. 그것은 이야기이자 방금 전에 꾼 꿈과도 같다. 마탕카비가 귀를 쫑긋하면서 순진무구한 눈을 동그랗게 뜬다. 훗날 아이는 이 이야기를 자기 자식들한테 들려줄 것이다.

태초에는 남자도 여자도 없었다. 섬 주민들은 돌로 만들어져 있었다. 그 시절에 남자-돌들은 여자를 몰랐다. 그들은 음식을 익혀 먹을 줄도 몰랐다. 남자-돌들은 자신들처럼 차가운 나무뿌리만 먹었다.

남자-돌 가운데 쿠만이라 불리는 젊은이가 있었다. 어머니와 함께 살고 있던 그는 어느 날 사냥을 나갔다가 페노아라는 이름의 아름다운 여자를 만났다. 그는 그녀를 집으로 데려와 먹을 것을 주었다. 하지만 여자는 그가 주는 나무뿌리를 좋아하지 않았다. 그녀는 바닷속으로 떠났다. 떠나기 전, 그녀는 바다 건너편에 살고 있는 진짜 사람들이 먹는 음식을 가지고 돌아오겠다고 약속했다.

그녀는 약속을 지켰다. 얌, 타로 뿌리, 바나나, 심지어 사냥한 고기까지, 온갖 음식을 가지고 돌아온 것이다. 그리고 나뭇가지 두 개를 비벼 불을 지핀 뒤 고기를 땅속에 넣어 익혔다.

쿠만의 집으로 몰려온 모든 이들이 그 음식을 맛보고 싶어하면서, 그녀를 대단하다고 생각했다. 그래서 쿠만과 페노아는 결혼을 했다. 얼마 뒤 첫딸을 낳았고, 네메이라고 이름 지었다. 그리고 모두가 풍요롭게 살아갔다.

그러던 어느 날, 쿠만과 페노아가 밭에 나가 일을 하는 동안, 네메이가 치마에 오줌을 쌌다고 할머니가 네메이를 두들겨 팼다. 페노아는 멀리서 딸이 우는 소리를 듣고 남자-돌들에게 화를 내기 시작했다. 그녀는 여기서 더는 함께 살 수 없다고 말하고는 딸을 데리고 바다 건너편으로 돌아갔다. 그녀는 아기를 품에 꼭 끌어안고 바닷속으로 들어가더니 영원히 모습을 감추었다. 그녀가 사라지자 불꽃이 꺼졌고, 남자-돌들은 다시 예전처럼 차가운 것들을 먹으며 살아가게 되었다.

그런데 오랜 세월이 지난 뒤, 네메이가 돌아왔다. 그녀는 바다에서 나와 아버지 집으로 돌아왔고, 그 후 쿠만의 아들들 중 한 명과 결혼했다. 그렇게 해서 인간들의 자손이 태어나기 시작했는데, 그들은 땅과 바다 둘 모두에 속하는 존재로, 불을 지피는 법과 뜨겁게 달군 돌 위에 음식을 익혀 먹는 법을 배웠다.*

오늘날 라가는 하나의 정원이다. 이곳에 처음 온 사람들은 바다나 공기 때문에 야생의 섬, 인간의 발길이 닿은 적 없는 잃어버린 낙원 같은 곳에 와 있는 듯한 기분을 느낄 수도 있다. 여기서는 경작지들이 보이지 않는다, 그리고 해안을 따라 남아 있는 야자나무 농장들은 식민지 시대의 잔해들이다. 들판과 대농장들은 대부분 잡초들만 무성한 채 버려져 있다. 그것들은 20세기 초에 유럽이나 오스트레일리아에서 건너온 대지주들의 이름을 그대로 달고 있다. 섬 남쪽의 마르텔리 선장, 팡기의 콩베 사유지, 베이배리어나 멜시시의 상피농테브냉 사유지, 사제 사택들. 팡기와 공항을 오가려면 어마어마한 면적의 뉴헤브리디스 프랑스 사[**] 사유지를 지나가야 하는데, 프랑스인들은 이곳에다 커피나무를 키우고 뉴칼레도니아에서처럼

* 조엘 본메종, 『나무와 카누』에서 발췌.(원주)

** 아일랜드계 프랑스 사업가 존 히긴슨이 1894년 식민지 개발을 위해 만든 회사.

노예 농장을 만들려고 했다.

바누아투가 독립하면서 이 거대한 농장들의 운명도 종지부를 찍게 되었다. 펜테코스트 원주민들은 식민지 개척자들이 떠난 뒤 자신들의 전통적인 생활방식으로 되돌아갔다. 그 전통에 따르면, 땅은 사유재산이라기보다는 그곳 인간들과 조상의 정령들 사이에 이루어진 신비로운 합의이다.

윌리 추장이 내게 들려주기를, 어떤 대농장주들은 떠날 순간이 임박하자 팡기 원주민들이 농장을 이용하지 못하도록 노예들을 시켜 농장에다 잡초와 가시덤불 씨앗을 마구 뿌리게 했다고 한다.

그래서 지금 그곳은 모든 게 마구잡이로 흐트러져 있어 마치 원시 상태의 자연으로 되돌아간 듯한 인상을 준다. 하지만 그 안으로 걸어 들어가거나 산을 오를 때, 또는 골짜기 물을 따라가다 보면, 그곳에 아직도 식용작물들이 재배되고 있다는 사실에 놀라게 된다. 숲에는 눈에 잘 띄지 않는 오솔길들의 흔적이 길게 뻗어 있고, 그 길들 끝에는 저마다 하나씩 정원이 숨어 있다. 어느 숲 속 빈터 안에, 혹은 산 중턱에 발코니처럼 매달려 있는 정원들은 산의 습곡에 가려져 해안에서는 보이지 않는 마을들처럼 비밀스럽다. 그것들은 타로 정원이다. 그 정원들을 위해 멜라네시아 사람들은 수천 년 전부터 다양한 수리기술, 협로와 저수지, 운하를 개발했다. 붉은 땅 사면 위의 얌 정원. 기름과 사고sago*를 제공해주는 종려나무 정원. 카사바 정원. 망고나무, 번석류나무, 오렌지나무를 심어놓은 과수원들. 크게 자란 나무숲 밑이나 덤불숲 속에서 총림을 이루고 있는 꽃밭, 향기로운 식물, 약용식물 보호구역들이 매 순간, 도처에서 발견된다.

그곳은 정원이다. 프랑스식도 영국식도 아닌, 논리적인 양식보다는 마술 같은 설계에 따라 씨를 뿌린, 이런저런 것들이 뒤섞여 있는 꾸불꾸불한 정원. 마치 씨를 뿌린 손길이 지하의 힘이 흘러가는 여정을 따라간 것 같다. 오직

---

* 사고야자나무의 녹말.

그곳 남자들과 여자들의 기억 속에만 그 비밀이 존재하는 영적인 흐름들, 탄생의 장소들, 샘들, 비옥한 지대들, 무덤들의 여정을.

윌리가 어떤 일화를 내게 들려준다. 현대사회(전화, 인터넷)에 동참하려는 의지가 있음에도 그가 땅의 정령들과 계속 유지해오고 있는 관계가 어떤 것인지를 확인시켜주는 일화이다. 병이 나서 몸이 많이 아팠던 그는 어느 날 이름도 없는 어떤 덩굴식물이 숲 속에서 자신을 기다리고 있는 꿈을 꾸었다. 그는 그 식물을 찾아 떠났고, 꿈속에서 보았던 바로 그 장소에서 그것을 찾아냈다. 그래서 그 뿌리를 찧어 고약을 만들어 붙였더니 감쪽같이 병이 나았다. 그는 그 덩굴식물을 잎이나 약이 아니라, 조상의 혼령이 자기를 위해 숲 속에 남겨준 선물인 것처럼 말한다.

라가에서의 농사는 이런 것이다. 그들의 농사는 야자나무를 질서정연하게 심어 그 열매로 돈을 버는 것과는 거리가 멀다. 그러니 그들의 땅을 개척하러 온 자들의 천인

공노할 파렴치함을 확인했을 때 이 섬 주민들이 얼마나 놀랐을지 충분히 짐작이 간다.

멜라네시아 사람들에게 식물은 살아 있는 존재이다. 식물들의 삶도 한때는 인간들과 비슷했다. 그것들은 단지 인간을 먹이고 치료하기 위해서만 존재하는 게 아니라 살아 있는 전체의 일부를 이룬다. 그렇기 때문에 식용작물들은 자유롭게, 풀이나 가시덤불과 뒤섞인 채로 자라난다. 식민지 개척자들이 복수심 때문에 팡기 원주민들에게 질서정연한 대농장 한가운데 잡초와 가시덤불 씨앗을 뿌리라고 명령했을 때, 그것은 곧 모든 것을 원상태로 되돌려놓으려는 의도라는 것을 멜라네시아 사람들은 충분히 이해할 수 있었을 것이다. 요컨대 그것은 지극히 당연한 것이었다.

일람레 해안 옆 아프마 지역의 고지대에 위치한 숲 속 빈터에서, 나는 풀을 뜯고 있는 가축 떼를 닮은 넓적한 타로 잎들을 보려고 덤불을 헤쳤다. 온화하고, 평화롭고, 문명화된 느낌. 이곳 사람들에게 타로는 여성이다. 반면 얌은 남성이다(프랑스어 사전에서는 여성형이지만). 붉게 물든 채 땅속에 누워 있는 얌의 몸체는 발기된 페니스를 닮았다. 얌을 상징화한 석회질의 기다란 돌이 있는데, 이곳 남자들은 다른 곳으로 이주할 때 이것을 갖고 간다. 이 돌은 구석기시대 이래로 모든 문명에서 찾아볼 수 있는 남근을 상징하는 돌, 하늘을 향해 우뚝 서 있거나 흙을 덮개 삼아 땅속에 묻혀 있는 그 돌들을 닮았다.

얌을 경작하기 위해 사Sa 부족 남자들은 골이라는 이상한 의식을 만들어냈는데, 이 의식 때문에 전 세계 사람들이 그들에게 관심을 갖게 되었다. 1년에 한 번씩, 추수가 끝나고 파종하기 전, 마을 남자들은 커다란 나무 주위에 나뭇가지로 탑을 만든다. 그리고 탑 꼭대기에 부드러운 넝쿨을 매단 뒤 그 넝쿨에 양쪽 발목을 묶고 새의 날개처럼 양팔을 벌린 채 밑으로 뛰어내려 자신들의 남자다움을 증명한다. 그 넝쿨은 그들이 바닥에 닿기 직전에 낙하를 멈출 수 있을 정도의 길이다. 그렇게 해서 남자들의 용기로 경작된 땅에는 새로운 뿌리들이 태어나게 된다.*

가끔씩 나는 윌리의 아들, 알란 베베와 함께 팡기의 도로를 걸었다. 그는 30대로, 키는 작지만 헤라클레스만큼이나 힘이 장사다. 그는 필시 세상에서 가장 유명한 니바누아투일 것이다. 그의 사진은 인터넷 사이트와 펜테코스트를 설명하는 접이식 관광 안내 책자에서 쉽게 찾아볼 수 있다. 그는 겸손하다. 분명 그 모든 것을 알고 있을 테지만, 그런 것들에 무관심하다. 알란은 말이 없다. 그는 빠른 걸음으로 걷는다. 다섯 살짜리 아들과 일곱 살짜리 딸이 그의 뒤를 따라간다. 알란은 진지한 반면, 그의 아이들은 명랑하고 장난기가 넘친다. 윌리의 말로는, 알란은

* 이보다 덜 남성우위론적인 전설에서는 이 점프 의식이 한 젊은 여자 때문에 탄생했다고 한다. 끈질기게 쫓아다니는 남자를 떼어내기 위해 그녀는 묘안을 생각해냈다. 그녀는 미리 준비해둔 넝쿨을 발목에 걸고 허공으로 뛰어내렸다. 남자는 그녀가 무사한 것을 보고 그녀를 따라 뛰어내렸다. 하지만 넝쿨을 발목에 묶지 않았던 남자는 죽고 말았다. 그리하여 남자들은 그녀의 간교한 잔꾀를 잊지 않기 위해 곧 의식을 만들어냈다고 한다.(원주)

골의 정신이 몸에 철저히 배어 있는 사내라고 한다. 알란의 머리 윗부분에는 숱 많고 곱슬곱슬한 머리칼이 고원처럼 펼쳐져 있다. 알란은 점프를 하지 않을 때는 들판에서 일하고 낚시도 조금 한다. 그는 호모 만에서 가장 신비로운 남자들 중 하나다.

섬들, 특히 펜테코스트 섬에서 식민 지배의 영향을 피한 식물은 카바(학명은 Piper methysticum)다. 카바는 멜라네시아인, 그 민족의 역사, 그들의 꿈과 직결된 식물이다. 카바는 평화를 주는 식물이다.

오늘날에는 카바 가루가 담긴 자루들이 멜시시나 팡기의 해변에서 떠날 채비를 하고 기다린다. 그러면 지역 화물선이 와서 이 자루들을 포트빌라로 옮겨 간다. 포트빌라에 도착한 카바 자루들은 냉동 컨테이너에 실려 카바 음료를 마시는 모든 지역, 오세아니아 지역뿐만 아니라 오스트레일리아, 미국, 심지어 독일에까지 보내진다.

포트빌라 중심지의 중국 호텔 옆에, 제트엔진처럼 생긴 구식 에어컨으로 냉방을 하는 아주 길쭉한 동굴처럼 생긴 카바 술집들이 있다. 그곳들의 실내는 하나같이 어두컴컴한데, 조명이라고는 주크박스의 초록 불빛과 카운터 위에 켜둔 작은 등불들이 전부다. 그래서 미군 기지가 들어서 있던 시절에 미 해병들이 드나들던 술집에 와 있는 듯한 기분이 들 수도 있다. 직업 댄서들이 없다는 것만 빼놓고. 아마도 카바를 마시려면 그런 어두운 조명이 필요한 듯하다. 어쩌면 축축한 숲 속의 나무 그늘을 생각해서인지도 모른다. 아니면 카바에 담긴 정신 때문인지도. 하지만 정신이 담기지 않은 식물이 어디 있겠는가?

오후에는 사람이 별로 없다. 여자들은 아예 찾아볼 수 없다. 여자들은 옛날부터 카바 의식에 참여할 수 없었다. 하지만 그 전통은 이제 포트빌라의 술집들에서만 지켜지고 있는 듯하다! 해 질 무렵이 되어서야 사람들이 모여들기 시작한다. 카바는 밤을 위한 음료다. 그 술은 점막을 마비시키고 몸을 둔하게 만들지만, 정신만큼은 마비시키지 않는다. 카바는 오히려 기분을 붕 뜨게 한다. 카바는 정신에 철학을 한 방울씩 떨어뜨린다. 흙냄새 나는 카바의 쌉싸름하면서도 달착지근한 맛은 기껏해야 희미한 후광으로 바깥세상을 감싸는 정도다(내 경우에는 그렇다는 말이다). 카바는 확실히 전쟁의 빈도를 줄여주었다. 게다가 가정 내의 자잘한 갈등도 약화시키거나 해소시켜주었다. 현대 세계에는 분명 카바가 필요할 것이다.

하지만 카바는 태평양 정복사의 참혹한 순간들과 연관이 있다. 노예상인들이 원주민들을 납치해 대농장에 팔아넘겼을 때 농장주들이 카바를 이용해 원주민들의 저항 의지를 없애려 했던 게 틀림없다.

우베아 섬*에서 봉기를 일으킨 사람들은 동굴이 치명적인 공격을 당하는 순간에 카바를 마시고 있었다. 그리고

* 뉴칼레도니아에서 동쪽으로 약 100킬로미터 떨어진 로열티 제도에 속하는 섬.

인질들을 살해하기 전에도 밤마다 불침번을 서며 카바를 마셨을 것이다. 프랑스 군대에 사살되어 자루에 담겨 실려 온 사람들의 유해를 마침내 땅에 묻을 수 있게 되었을 때, 카낙들은 장례를 치르면서 이 술을 마셨다.*

니바누아투들에게 카바는 단순한 음료가 아니다. 그것은 안데스 원주민들의 코카처럼 장소의 혼이 담긴 식물이며, 그들의 언어이자 그들이 공유하는 기억이기도 하다. 식민지 정부들이 그 음료를 마시지 못하게 금지했던 것은 바로 그런 이유에서일 것이다.

카바의 기원은 명확하지 않다. 카바 뿌리는 폴리네시아에서부터 순다 열도까지, 그리고 미크로네시아에서부터 뉴질랜드에 이르기까지 태평양 전체에서 수확된다. 서양에서 최초로 이곳을 찾아온 사람들이(특히 쿡) 카바에 대

* 뉴칼레도니아 독립을 위한 카나키 민족해방전선의 투쟁은 1985년에 시작되어 1988년 우베아 섬에서 일어난 유혈 인질극으로 절정에 달했다.

해 언급하고 있다. 레이어드를 비롯한 이들은 카바가 인도네시아, 심지어 말레이시아에서 유입되었다고 주장하면서 카바를 후춧과로 분류한다. 뱅상 르보(『태평양의 마약, 카바*Kava, the Pacific Drug*』)는 카바를 뉴헤브리디스 제도의 고유 식물, 더 분명하게는 펜테코스트의 고유종으로 본다. 분명 그의 주장은 틀리지 않았다. 지금도 모든 멜라네시아 사람들이 카바야말로 최고의 라가 식물이라고 입을 모아 말하고 있으니까.

카바 술 제조법은 어디서나 동일하다. 심은 지 5년이 되면 뿌리를 캐서 짓이겨 즙을 낸다. 암바에나 말레쿨라에서는 카바 뿌리를 절구에 넣고 돌로 으깬다. 암브림과 라가에서는 카바 뿌리를 손바닥에 올려놓고 산호 공이로 으깬다.

전설에 따르면 카바를 발견한 것은 한 여인이라고 한다. 통가에서는 최초의 카바 모종이 나병으로 죽은 소녀의 두개골에서 싹을 틔웠는데, 매일 밤 생쥐가 와서 그 식물의 뿌리를 갉아먹는 것을 어떤 여인이 알아차렸다고 한다.

라가의 전설은 더 놀랍다. 옛날에 섬 남쪽에 아이들을 잡아먹는 식인귀 부부가 살고 있었다. 어느 날 한 소년이 형제들과 함께 붙잡혀 식인귀 부부의 집에 갇혔다. 소년은 달아나기 위해 꾀를 냈다. 소년은 남자 식인귀에게 자기가 정령이라고 말하면서 그 증거로 집에다 불을 질러도 자기는 타지 않을 거라고 했다. 식인귀가 불을 지르자 소년은 자기 형제들과 함께 미리 땅바닥에 파놓은 구멍 속으로 숨었다. 그들이 무사한 것을 보고, 식인귀는 그들을 따라 하려다가 불에 타 죽고 말았다. 남편의 죽음을 알게 된 여자 식인귀는 아이들을 붙잡으려 했지만, 소년은 여자 식인귀의 다리 사이로 미끄러져 들어가, 뜨겁게 달궈진 돌을 집어 여자 식인귀의 자궁 속에 박아 넣었고, 여자 식인귀는 이내 죽고 말았다. 그 돌에서 최초의 카바 싹이 돋아났다.*

* 뱅상 르보, 마크 멀린, 라몬트 린드스트롬, 『태평양의 마약, 카바』(뉴헤이븐& 런던, 예일 대학교 출판부, 1992년) 중에서.(원주)

신, 신들, 그늘들

라가 섬에서는 설명할 길 없이 막연하게, 이 세상에 신이 존재한다는 느낌이 매 순간 몸과 마음으로 스며든다.

세상에는 이곳처럼 그런 감정이 불쑥불쑥 드는 곳들이 있다. 브르타뉴의 황야도 그렇고, 보주 숲 한가운데의 협곡들 역시 그런 장소다. 지척에서 화산활동이 진행중인 아이슬란드나 모래바람이 휩쓸고 간 사막에서도 마찬가지다. 남극대륙의 빙산 역시 그런 기분을 불러일으킬 수 있을 것이다.

라가에서의 그런 감정은 자연의 난폭함과 이곳 사람들

의 온화함이 결합한 데에서 비롯된다. 검은 돌, 깎아지른 절벽, 그와 동시에 식물들의 힘, 대기에 떠도는 습기 가운데에는 뭔가 허전한 느낌이 있다. 요컨대, 화산이다.

라가에는 엄밀히 말해서 화산이 없다. 윌리 베베가 들려준 어떤 전설은 현재 화산이 라가에는 없고 암브림 섬에만 존재하는 이유를 설명해준다. 아주 오랜 옛날, 성질이 불같은 두 노인이 해협을 사이에 두고 각각 양쪽 연안에 살고 있었다. 어느 날, 라가 섬의 노인이 불이 붙은 숯을 자신의 앙숙에게 던지며 외쳤다. "이거 받게, 그러면 앞으로 자넨 추위란 걸 전혀 모르고 살 수 있을 거야." 그 후로 암브림 섬에는 화산들이 타오르게 되었고, 라가 섬에서는 모기떼가 원주민들을 끊임없이 괴롭히게 되었다.

이 섬들에는 신의 입김이 스며 있다. 종교가 아니라 정신이. 뱅상 불레콘이 문화, 특히 박물관들에 대해 뭐라고 했는지 분명히 밝혀둘 필요가 있을 것 같다. 라가는 섬 전체가 곧 박물관이다. 그리고 섬 전체가 신전이기도 하다.

샤를로트 웨이와 함께 나는 해안을 따라 걷는다. 끝없이 이어지는 자갈 해변은 암브림의 푸르스름한 산악 지대들과 이어진 도로처럼 보인다.

"보세요, 여기 이건 라가에 세워진 최초의 교회랍니다." 그녀가 나에게 가리켜 보인 것은 해변에 엎어진 채 햇볕에 검게 변해 돌이 되다시피 한 커다란 나무둥치다.

샤를로트는 그 둥치 아래로 다가가 몸을 숙여 둥글게 말고는 그 그늘 속으로 사라진다. 그녀가 햇빛 아래로 다시 나온다. 그녀의 얼굴이 일종의 확신 같은 것으로 빛난다.

그녀는 자신의 선조, 스테판 타비리가 펜테코스트에 어떻게 기독교를 들여왔는지 이야기해준다.

"어렸을 때 타비리는 여기, 이 바닷가의 한 마을에 살았어요. 그 마을은 아주 못된 남자가 다스리고 있었죠. 그는 많은 사람을 죽였어요. 어느 날, 타비리의 누이인 마탕타레라는 여자아이가 놀다가 추장의 집들 중 하나에 불을 내서 그 집이 완전히 타버렸어요. 추장은 그 여자아이의 부모를 찾아가 말했어요. '벌로 돼지 열 마리를 바쳐라.' 하지만 마탕타레의 부모는 가난해서 돼지를 아홉 마리밖에 구하지 못했어요. 그래서 추장은 그 여자아이를 잡아갔어요. 그는 아이를 나무에 매달더니 말했어요. '너희가 대가를 다 치르지 못했으니, 이 아이가 열번째 돼지가 될 것이다.' 그러더니 부모가 눈물을 흘리며 애원하는데도 가차 없이 아이의 목을 베어 죽이고는 아이가 매달려 있는 나무에 불을 질렀어요. 그걸 본 타비리는 달아나면서 언젠가 돌아와 누이의 복수를 하겠다고 맹세했지요. 그는 퀸살라로 가는 배를 탔어요. 그곳에서 기독교 교육을 받았지요. 그 후 그 종교를 전도하고 아이들을 불태우는 일이 다시는 일어나지 않게 하기 위해 배를 타고 이곳으로 돌아왔어요. 그리고 바로 이 나무 위로 올라가, 부족 사람들에게 처음으로 기독교에 대해 이야기했답니다."

거기서 멀지 않은 곳에 있는 절벽 아래 숲 속에서 샤를로트는 붉은 조가비가 박힌 어느 시멘트 포석을 가리키며 말한다.

"타비리가 되돌아왔을 때, 바다의 신은 그가 배에서 내리지 못하게 했어요. 조개로 변신한 신은 파도를 일으켜 그 배를 떠내려가게 했지요. 하지만 타비리는 갈고리로 그 조개를 죽여 먹어치웠어요. 그리고 그걸 기념하기 위해 그 빈 조개껍데기를 어느 바위에 올려놓았지요. 훗날 사람들은 이 시멘트 포석을 만들고, 포석 위에 그 조개껍데기를 장식해놓았어요."

그 조가비는 세월에 닳은 아주 커다란 소라고둥이다. 그 고둥 역시 이제 곧 돌로 변하려 하고 있다.

포석 아래에는 다음과 같은 글귀가 새겨져 있다.

"스테판 타비리 1872년 5월 9일 바누아투"

샤를로트가 라가의 유일한 기독교 기념물 앞에서 나를 돌아다본다. 까닭을 알 수는 없지만 자갈 해변에 뒤집힌 채 쓰러져 있는 그 나무는 어떤 교회보다도 나에게 감동을 준다. 마치 바다가 파도를 타고 오랜 여행을 한 뒤에 해변에 이것, 이 표식, 시대와 믿음을 이어주는 다리 같은 이 잔해를 부려놓은 것 같다.

그 후에 샤를로트가 몇 가지 비밀을 더 보여준다. 덤불에 가려진 바닷가 어느 동굴 벽면에 그려져 있는 옛 그림. 흰색과 노란색 선으로만 그려진 단순한 그 그림은 암브림과 라가의 사람들이 모래 위에 막대기로 단번에 쓱쓱 그리는 모래 그림 '루루'와 비슷하다. 그녀의 선조들이 그린 그림일까? 신의 흔적일까? 샤를로트는 그다지 확신이 없다. 바누아투에서 동굴은 탄생과 죽음의 장소다. 이곳의 모든 것이 경탄스러움과 자연스러움을 동시에 지니고 있다.

조금 더 멀리, 그녀는 그 길을 떠나 절벽에 이르는 어느 오솔길로 접어든다. 현무암 절벽 곳곳에 구멍이 숭숭 뚫려 있다. 작열하던 마그마의 흔적이다.

"한번 해보세요, 당신이 이곳에 다시 오게 될지 알 수 있을 거예요."

절벽에 난 관 같은 구멍 속으로 돌을 던지는 테스트다. "자갈이 튕겨져 나오지 않으면 소원이 이루어질 거예요." 나는 여러 번 시도해보지만 매번 돌이 튕겨 나온다. 이번에는 샤를로트가 나선다. 첫번째 자갈은 구멍 안쪽 벽을 맞고 튕겨 나온다. 두번째 시도를 한다. 그녀는 구멍 안에 상반신이 반쯤 들어갈 정도로 몸을 낮게 숙인다. 나는 밧줄처럼 당겨진 그녀의 등과 팔의 근육을 본다. 그녀는 군더더기 없는 동작으로 돌을 던진다. 뒤따르는 침묵은 자갈이 구멍을 타고 곧장 올라가 절벽 꼭대기로 빠져나갔음을 말해준다.

그녀는 아이처럼 만족스러운 표정으로 나를 쳐다본다. 바로 이런 게 이 섬에서 살 자격일 거라는 생각이 절로 든다. 하늘을 나는 새나 박쥐를 단 한 번의 돌팔매질로 떨어뜨리면서 생존할 수 있어야만 이 섬에서 살아갈 수 있을 것이다. 그 밖의 것들은 여담에 불과하다.

바누아투에서는 신화들이 모습을 드러낸다. 신화와 현실이 구분되지 않는다. 언제 어디서든, 말로, 신화가 솟아나게 할 수 있다. 마치 태초의 힘이 아직도 돌과 나무와 급류 속에서 진동하고 있는 것처럼.

그 즐거운 마술, 샤를로트 덕분에 나는 그것을 감지한다. 그녀의 낙관주의 덕분에. 모든 것, 그녀 자신의 불행까지 포함해 모든 것을 웃어넘기는 그녀의 태도 덕분에. 그녀의 관대함, 파괴할 수 없는 그 선량함 덕분에. 서양의 민속학자나 나 같은 서양 여행자들은 때때로 멜라네시아 사회를 세상에서 가장 남성우위론적인 사회 중 하나로 묘사한다. 어쩌면 그들이 옳은지도 모른다. 하지만 오늘, 이 기슭에서, 샤를로트와 함께 있는 나는 여성의 탄생 신화를 떠올리지 않을 수 없다. 과거 에스피리투산토 섬에서 장 기아르가 들었다는 그 신화를.

태초에 신은 약간의 진흙으로 남자를 만들었다. 남자의 발에서 시작해 마지막으로 정수리의 숨구멍을 만들었다. 남자는 바닷가의 드넓은 정원에서 살았다. 그러던 어느 날 사냥을 하던 중에, 커다란 박쥐가 남자 주위를 날기 시작했다. 남자는 화살로 박쥐를 쏘려고 했다. 그런데 박쥐가 그의 화살 위로 날아와 앉았다. "넌 누구냐?" 남자가 물었다. "나는 타오타에, 나는 신이다." 박쥐는 이렇게 말하고는 여자의 모습으로 변했고, 남자는 그녀와 결합했다. 그렇게 해서 인간의 혈통이 시작되었고, 오늘날까지 그 혈통이 우리 인간들에게 이어져 내려오고 있다.

라가 사람들은 항상 창조의 순간과 가까이 있다.

자연의 비극과 식민지 시대의 혼란스러운 역사에도 불구하고, 니체나 타고르를 떠올리게 하는 원초적인 기쁨 같은 것이 있다.

라가의 창조 신화에는 기이하고 익살스러운 무엇인가가 있다.

타락이니 원죄니 하는 것들은 사실 멜라네시아 사람들과는 아무런 상관이 없음을 분명히 느낄 수 있다. 그들은 더 환상적인 동시에 더 사실적이다. 아마도 그렇기 때문에 교회들의 압력과 세계적인 미디어 시대의 도래에도 불구하고, 그 이야기들이 오늘날에도 꿋꿋이 현존하는 것이리라.

옛날 엘리 타트뱅 신부*가 사sa어로 전해 들었다는 천지창조 이야기를 보자.

태초에 땅에는 식물들 말고는 아무것도 없었다. 르브리옹이라 불리는 곳에는 야자나무 한 그루뿐이었다(오늘날 그 나무는 죽었다). 그 야자나무는 꽃을 피우고 거대한 열매를 맺었는데,

---

* 브르타뉴의 포르니크에서 태어난 성모마리아회 사제(1883~1949). 낭트의 신학교에서 공부한 뒤 1909년에 뉴헤브리디스 제도(멜시시에 이어 베이배리어에서)에 사제로 부임한 후 아오바(암바에)에서도 사제로 지냈다. 1947년 은퇴해 몽마르트르(포트빌라)로 와서 1949년 그곳에서 세상을 떠났다. 방언사전들 이외에, 『얌 나무 그늘에서 *A l'ombre des ignames*』(1915), 「야생의 바닷가에서 *Sur les bords de la mer sauvage*」(1926), 「펜테코스트 섬 남쪽의 신화와 전설들 *Mythes et légendes du sud de l'île Pentecôte*」 등 펜테코스트 남쪽의 신화들에 관한 많은 저작물을 남겼다.(원주)

그 열매 안에는 바르쿨쿨 정령이 들어 있었다. 그 후 열매가 벌어지면서 여섯 명의 사내아이들이 태어났다. 첫째가 바르쿨쿨이었다. 사내아이들이 땅 위에 깔린 종려나무 잎 위로 떨어졌다. 아주 커다란 야자열매가 그들에게 젖을 주었는데, 그게 그들이 처음으로 먹은 젖이었다.

어른이 된 여섯 형제는 남자들의 집에서 함께 살았다. 어느 날 바르쿨쿨이 말했다. "우리는 모두 죽을 것이고, 우리 뒤로는 아무도 남아 있지 않을 거야. 우리 종족이 남을 수 있도록 다른 종류의 존재를 만들어내야만 해." 바르쿨쿨이 말을 이었다. "밤을 따러 가자." 그들은 숲 속으로 가서 밤을 잔뜩 따 가지고 돌아왔다. 바르쿨쿨이 말했다. "이 밤들을 불에다 굽자." 그러고 나서 그가 또 말했다. "이 밤들의 껍질을 벗기자." 그들은 밤 껍질을 벗겼다. 그가 말했다. "이 밤들을 먹자." 그들은 밤을 먹었다. 바르쿨쿨이 밤 하나를 집어 막내에게 던지자, 그게 동생의 남근에 달라붙었다. 막내는 울기 시작하면서 그 밤을 떼어내려 애썼지만, 밤은 찰싹 달라붙어 꿈쩍도 하지 않았다. 그가 마침내 그것을 떼어냈지만 그의 고환도 함께 뜯겨나갔다. 그래서 그는 여자가 되었다.

형제들은 그녀를 집 밖으로 떠밀며 말했다. "네 집으로 꺼져." 여자가 된 막내는 그 집에서 나왔다. 형제들은 그녀에게 이런 말도 했다. "바나나 잎으로 가려." 그래서 그녀는 바나나 나뭇잎을 따서 사고야자나무 바늘로 치마를 만들어 허리에 둘렀다. 그녀는 '세르모르프'(떼어낸 밤)라고 불렸다.

남자들은 음식을 먹기로 했다. 그들은 집 안에 불을 지폈다. 첫번째 남자인 바르쿨쿨이 여자한테 가서 남자들이 음식을 먹고 싶어한다고 말했다. "좋아요, 오빠. 그럼 나무를 좀 구해 와요." 세르모르프가 말했다. 바르쿨쿨이 나무를 가지러 집으로 돌아오자 나머지 형제들이 물었다. "여자가 뭐라고 했어?" 그는 대답했다. "나를 오빠라고 부르더군."

그리고 바르쿨쿨은 두번째 남자를 보냈다. "그녀 집에 가서 먹을 걸 손질할 조가비를 구해 와." 두번째 남자가 찾아가자 세르모르프가 말했다. "좋아요, 아버지. 조가비들을 가져가세요." 나머지 형제들이 그에게 물었다. "그녀가 너한테 뭐라고 하데?" 그는 대답했다. "날 아버지라고 불렀어."

바르쿨쿨은 세번째 남자를 보냈다. “그녀 집에 가서 양배추를 구해 와.” 그가 그녀 집에 도착하자 세르모르프가 말했다. “뭘 원해, 사촌?” 남자는 양배추를 가져와서 말했다. “갔더니 날 사촌이라 불렀어.”

네번째 남자가 음식을 익힐 대나무를 얻으러 그녀 집으로 갔다. “할아버지, 가져가세요.” 세르모르프가 말했다. 나머지 형제들이 그에게 같은 질문을 했고, 그는 대답했다. “날 할아버지라고 부르던데?”

양배추가 익었을 때, 그들은 다섯번째 남자를 여자 집으로 보내 물을 얻어 오라고 했다. 세르모르프가 그 남자에게 말했다. “물을 가져가렴, 아들아.” 그들은 바닷물을 양배추에 뿌리고 나서 물었다. “그 여자가 너한테는 뭐라고 했어?” 그가 대답했다. “나를 아들이라고 불렀어.”

식사를 끝마치고 나서 바르쿨쿨이 여자의 집으로 마지막으로 찾아가 씻을 물을 달라고 했다. 그러자 세르모르프가 다정하게 말했다. “물을 가져가요, 내 사랑, 나의 정령(로아).” 바르쿨쿨은 그녀에게 미소를 보내고 물을 가져왔다. 그가 집으로 돌아오자 나머지 형제들이 말했다. "형은 그녀의 연인이야. 그러니 그녀와 결혼해야 해."

마거릿 졸리*에 의해 알려진 이 이야기의 마지막 버전은 더 노골적이다(타트뱅 신부가 검열하면서 이 버전을 삭제했다고 생각해볼 수도 있다!).

밤이 되자 형제들은 남자들의 집에 모여 있었다. 바르쿨쿨이 여자의 집으로 가서 여자를 다시 만났다. 그와 그녀는 함께 잠자리에 들었다. 남자들은 바르쿨쿨이 여자의 몸 위로 올라가 그녀의 몸속으로 들어가는 소리를 귀 기울여 듣고 있었다. 하지만 그녀는 그를 막으려 애썼다. 그가 육체관계를 맺었을 때, 그녀는 울면서 말했다. "아, 엄마, 죽을 것 같아!" 나머지 남자들이 멀리서 여자에게 외쳤다. "울지 마!" 그 소리에 여자가 울

---

* 마거릿 졸리, 「바누아투 이야기 속의 배우자와 형제자매들*Spouses and siblings in Sa stories*」, 『오스트레일리아 민속학지*Australian Journal of Anthropology*』, 2003년 8월.(원주)

음을 그쳤다. 그 후 두 사람은 잠이 들었고, 여자는 그의 아내가 되었다.

여자가 임신해 딸을 낳았다. 부부는 딸을 키웠다. 그리고 딸이 자라자 한 남자와 결혼시켰다. 그들은 르브리옹에서 살았다. 그 딸이 또 딸을 낳았다. 그리고 이번에는 딸의 딸이 결혼해 사내아이들과 계집아이들을 낳았다. 그런 식으로 그들은 계속 자손을 낳아 르브리옹에는 어느덧 사람들로 가득 차게 되었다. 그 후로 지금도 이곳 여자들은 남자와 결혼해 육체관계를 가질 때 울지 않는다. 르브리옹에서 처음에 일어났던 그 일은 그 후로 다시는 일어나지 않았다. 오늘날까지도.

멜라네시아 신화들에서 돼지는 특별한 자리를 차지한다. 돼지의 창조에 관한 전설 역시 우스꽝스럽다. 라가 사람이라면 누구나 그 전설을 알고 있다.

일람레에 도착하자 샤를로트가 자신이 유년 시절을 보낸 세상의 경계선을 나에게 가리켜 보인다. 그 마을은 고원에서 가장 높은 곳에 있다. 한쪽은 서태평양이고, 다른 한쪽은 죽은 자들이 사는 곳, 동쪽이다.

샤를로트는 타로 밭, 방향 식물, 카바를 가리킨다. 내려오는 길에 그녀는 나무 울타리가 둘러쳐진 숲 속 땅을 가리키며 말한다. "여기가 바로 돼지들이 사는 곳이에요." 그 울타리는 동물들을 가둬두기 위한 것이라기보다는 동물들이 밭에 피해를 입히지 않게 하려는 의도가 더 크다. 뭔가 시커먼 형체들이 얼핏 보이고, 나뭇가지들이 부러지는 소리, 야생동물들이 달리는 소리가 들린다. 그 녀석들은 브르타뉴나 멕시코의 돼지들처럼 사육된 돼지와는 완전히 다르다.

라가 사람들은 돼지와 묘한 관계를 유지하고 있다. 집집마다 기둥 옆에 돼지 턱뼈가 매달려 있다. 포트빌라에 있는 로데 신부의 개인 박물관에서 돼지들의 턱뼈와 이빨을 모아놓은 인상적인 소장품을 본 적이 있다. 돼지들 중에서 수컷과 암수 양성만이 장 기아르가 합당한 이유로 '순교'라 부르는 의식을 치르게 된다. 돼지가 태어나면 돼지의 윗송곳니들을 돌로 부러뜨리는데, 그것은 아랫송곳니들이 마음껏 자라게 하기 위해서다. 시간이 흐르면서 아랫송곳니들이 길게 자라나 위쪽 잇몸을 뚫고 나와 나선형을 이루며 동그랗게 감긴다. 그렇게 징이 박힌 돼지들의 턱뼈는 더이상 벌리지 않아서, 돼지들은 사람이 주는 걸쭉한 여물을 먹고 살아야 한다. 커서 송곳니가 자랄 대로 다 자라면, 돼지들은 희생되고(몽둥이로 때려죽이거나 가끔 화살로 쏘아 죽이기도 한다), 돼지의 몸뚱이는 완전히 해체된다. 그 후 턱뼈들이 주인집을 장식하게 된다. 돼지 이빨은 간혹 결혼이 성사되었을 때 신부 가족에게 주는 지불금으로 이용되기도 한다(하지만 오늘날 이런 경우는 점점 더 찾아보기 힘들어지고 있다).

민속학자들은 멜라네시아인들의 사회체제 내에서 돼지들의 역할에 관심을 기울였다. 그들은 진급식, 다양한 의식, 물물교환을 주의 깊게 연구했다. 간혹 그들은 돼지로 인간의 희생을 대신한 것이었을 수도 있다고 결론을 내리기도 했다. 하지만 그것은 너무 단순한 추론이 아닌가 싶다.

그처럼 멜라네시아 사람들은 돼지와 밀접한 관계를 유지하며 살아간다. 그런데 이곳 돼지들한테서 나타나는 가장 이상한 특징 중 하나는 바로 암수 양성이다. 돼지들의 양성 출생 빈도가 매우 높아서, 일부러 그런 돼지들을 양산하는 게 아닐까 하는 생각이 들 정도다. 적어도 바누아투 돼지들의 경우에는. 암컷들은 번식을 생각해 아무런 손상 없이 키워지지만, 수컷과 양성 들은 나선형 이빨을 얻기 위해 신체 훼손을 겪어야 한다. 로데 신부의 소장품들에서 보면, 수컷의 이빨은 양성 돼지의 이빨에 비해 두 배나 길다. 따라서 수컷의 이빨이 관례적으로 가장 값어치가 있다.

실제 돈과 가상의 돈이 지배하는 오늘날의 사회 내에서, 돼지 이빨은 멜라네시아 사람들에게 기억의 가치, 우리네 할머니들의 루이도르*를 닮은 이상적인 투자가치를 지녔다. 돼지들은 교환가치가 있는데, 고기 때문만은 아니었

* 프랑스대혁명 때까지 통용된 프랑스의 금화.

다. 돼지들은 섬 주민들의 이웃인 동시에 상징이다. 축제 기간 동안 돼지들은 브르타뉴나 에스파냐의 마탄사*에서처럼 환희에 찬 상태에서 죽는다. 이곳의 모든 가정에서는 돼지를 죽이는 데 쓰는 굽은 망치가 언제나 집 안에서 제일 좋은 자리에 놓여 있다. 신화에서 돼지는 인간과 연관이 있고, 인간과 땅을 공유한다.

마거릿 졸리가 전하는 이야기**에 따르면, 한 남자가 어떤 사고를 당하고 나서 돼지들을 낳게 되었다고 한다.

와제르라는 이름의 사내가 어떤 나무 위에 올라갔는데, 나무의 가시와 껍질 때문에 고환에 상처가 나서 부풀기 시작했다.

---

* 겨울을 나기 위해 집에서 기르던 돼지를 잡아 저장 식품을 만드는 마을 행사이자 축제.

** 마거릿 졸리, 『그곳의 여성들: 바누아투의 카스톰, 식민주의 그리고 성*Women of the Place : kastom, colonialism, and gender in Vanuatu*』, 필라델피아, 하워드 아카데믹 출판사, 1994년, 69쪽.(원주)

그는 마치 분만을 하려는 것처럼 바닥에 누웠다. 그랬더니 그의 고환에서 온갖 종류의 돼지들이 나왔다. 처음에는 귀가 축 늘어진 돼지, 그다음에는 빨간 돼지, 이어서 하얀 놈, 그다음에는 까만 놈, 그리고 마지막은 잿빛 돼지였다. 그중 어떤 것들은 인간들한테 붙잡혔고, 또 어떤 것들은 이웃 섬들로 달아났다. 그전까지 인간들은 게 이외에 다른 것은 전혀 먹지 않았다. 그런데 그날, 와제르가 그들에게 말했다. "게는 모조리 내다버려. 이제 우리에겐 돼지가 있으니까."

이 이야기들을 들으면 확연히 드러나는 그들의 순진무구함에 미소를 지을 수도 있으리라. 모든 것을 따져볼 때, 이 이야기들이 이브의 탄생 이야기나 노아의 방주 또는 타오르는 덤불숲* 이야기보다 훨씬 더 천진난만하지 않은가?

라가 섬에서는 한 걸음 한 걸음 떼어놓을 때마다 신비

* 신이 모세에게 모습을 드러낸 덤불숲(출애굽기 3장).

로운 느낌이 든다. 협곡들에서, 산허리 동굴 속에서, 길을 막아서는 잎과 가지와 넝쿨 더미 속에서. 바닷가에 늘어선 야자나무들, 그 나무들의 움푹 팬 둥치, 그리고 뿌리가 되는 가지들 속에서.

아마도 그들의 선조들이 두려워하던 것, 지상의 모든 전설에 영향을 미친 것은 바로 그것이리라. 그 두려움은 옛 지혜의 근간이기도 했다.

유럽이나 아메리카, 또는 오스트레일리아에서 온 침략자들의 폭력은 온화하기 그지없는 이 민족을 산업과 관광의 시대로 단번에 내몰았다.

오늘날까지도 벌거벗은 사람이나 야만인들을 보게 될 거라고 기대하며 바누아투—또는 파푸아뉴기니, 보르네오, 아마존—를 찾는 여행자들이 있다.

그런 사람들은 이 세계를, 말리노프스키나 장 기아르가 묘사한 것처럼 장화와 모자를 쓰고 소총으로 무장한 그들이 짐꾼들을 앞세운 채 누볐던 초록색 지옥이라고 상상한다.

옛 신화와 현대의 이야기가 서로 충돌하고 서로 스며들면서 새로운 멜라네시아 문명의 본질, 보이지 않는 대륙의 영혼을 만들어낸다. 최근에 전문가들은 '문화 변용'에 대해 즐겨 말했다. 이 용어에는 경멸의 뜻이 담겨 있다. 더 최근에는 '혼혈'이나 '크레올어화'라는 용어를 사용했다. 이 용어는 모든 형태의 표현과 언어에 관한 '백인'의 힘의 지배를 상정하고 있다.

하지만 바누아투에는 항상 구세계가 현존한다. 그것은 하나의 풍문, 협곡에서 올라와 커다란 나무들을 에워싸면서 매일 밤 새벽이 오기 전에 나뭇잎으로 만든 지붕들의 가장자리와 녹슨 함석판에서 굴러 떨어지는 밤이슬방울들의 속삭임과 뒤섞이는 노래다.

현대성, 그것은 윌리 오리온 베베다. 밤이 오면 그는 젊은이와 늙은이 들이 섞인 대중 앞에서 모터 발전기를 돌려, 남태평양 전역에 걸쳐 있는 거대한 화산 고리에 관한 오래된 다큐멘터리인 〈환태평양 화산대〉라는 제목의 비디오카세트를 꾸준히 되풀이해 틀어준다. 마치 그 이미지들이 그들의 집단 기억 속에 약 2천 년 전 뉴브리튼 섬*에서 있었던 엄청난 비토리 화산 분출에 대한 기억을 일깨워주는 것처럼. 멜라네시아 사람들이 동쪽으로 흩어지게 된 이유 중 하나였을지도 모르는 그 화산 폭발에 대한 기억을.

이야기하는 걸 좋아하는 샤를로트 웨이는 멜시시 마을 언덕에 있는 자기 집으로 돌아와, 자신이 좋아하는 문 옆 자리에서 쿠션들을 등에 받치고 책상다리를 하고 앉아 있다. 그녀가 등유 램프를 켰다. 램프 불빛에 나방과 날개미들이 광란의 춤을 춘다. 그녀의 딸들은 곁에 있다. 막내딸은 그녀의 품에 몸을 웅크린 채 안겨 있고, 제법 처녀티가 나는 다른 두 딸은 문 앞 발코니 바닥에 앉아 있다. 샤를로트가 공상과 현실의 중간 즈음에 있는 이야기들을 들려

* 파푸아뉴기니의 비스마르크 제도 중에서 가장 큰 섬.

준다. 그녀는 일상적인 것들에 대해 이야기한다.

샤를로트는 딸들을 염려한다. 그중에서도 특히 맏딸 때문에 걱정이 태산이다. 멜라네시아 문화가 원래 얌전 빼는 것과는 거리가 멀긴 하지만, 그래도 내 생각에 바누아투에서 드러내놓고 대화하기 어려울 것 같은 주제들에 관해 그녀와 나는 이야기를 나누었다. 샤를로트는 에이즈, 자기 자식들이 그 병에 걸리지 않는 방법, 처녀애들이 자신을 지키지 않고 겁 없이 아무 사내아이하고나 잠자리를 같이하려고 넘벼드는 요즘의 위험한 세태에 관해 나에게 묻는다. 그녀는 수많은 남자와 여자 들이 죽어가고 있는 포트빌라 병원에 대해 말한다. 분명히 학교에서는 이런 문제들에 관해 교육을 하지 않는다. 그게 아니면 멜시시 수녀원 부속 기숙학교에서 그 문제들을 꺼내지 않고 은근슬쩍 넘어갔거나. 펜테코스트에서는 보건소 말고는 어디서도 콘돔을 찾아볼 수 없다. 게다가 보건소에 있다 해도, 콘돔을 얻으려고 그곳을 찾아갈 용기 있는 소녀는 한 명도 없을 것이다.

그러고 나서 샤를로트는 끔찍한 이야기를 내게 들려준다.

"이곳 출신의 한 여자를 만난 적이 있어요. 그 여자는 자기 남편이 일하는 에스피리투산토로 따라가 루간빌 보건소에서 청소부로 일하게 되었대요. 거기서 어떤 남자를 만나 사랑을 나눴어요. 남편은 그 사실을 몰랐죠. 그 뒤 그녀는 자식들을 만나려고 집으로 돌아가는 배를 탔어요. 그녀와 사랑을 나눴던 남자가 그녀가 떠난다는 걸 알고는 그녀에게 편지를 건네면서 집에 도착하기 전까지는 절대 열어보지 말라고 당부했어요. 배에 탄 그녀는 밤에 잠을 이루지 못한 채 편지봉투만 물끄러미 바라봤어요. 그 편지를 읽지 않으려고 갖은 애를 썼지요. 하지만 결국 뜯어보고 말았어요. 그 편지에는 이런 내용이 적혀 있었대요. '에이즈 클럽에 오신 것을 환영합니다.' 그 말이 무슨 뜻인지 알아차린 그녀는 배 위에서 밤새도록 울었어요. 그 남자가 그녀를 죽음으로 몰아넣었으니까요."

그 뒤에 어떻게 되었느냐고 내가 묻자, 샤를로트는 이

렇게 말을 이었다.

"그녀는 남편에게 그 이야기를 털어놓을 용기가 없었어요. 하지만 그녀가 내내 울고 있는 것을 보고 남편은 이것저것 캐묻기 시작했고, 그녀는 끝내 모든 사실을 털어놓게 되었지요. 그러자 그녀의 남편은 그녀를 집에서 내쫓았어요, 자식들도 만나지 못하게 했고요. 그녀는 포트빌라에 사는 오빠를 찾아갔어요. 하지만 그들에겐 약을 살 돈이 없었죠. 그녀의 오빠는 그녀가 죽을 때까지 함께 살면서 돌봐줬어요."

비록 그게 실화가 아니라고 할지라도—나는 모리셔스에서도 그런 이야기를 읽은 적이 있다—, 그 이야기는 오늘날 세계의 모든 해안, 심지어 아주 먼 바다에 외따로 떨어진 작은 섬들에까지 밀려드는 세계화의 물결을 다른 어떤 보고서보다 더 잘 말해준다. 세계화, 그것은 무엇보다도 전염병의 세계화다. 비록 그것이 못된 범죄자를 만들어낸다 할지라도 그 범죄자의 행동이, 에이즈의 진행을 늦추는 약품들을 저렴한 비용으로 배급하기를 거부하며 극빈민국의 환자들을 죽음으로 몰아넣고 있는 거대 제약 회사들에 비할까. 에이즈에 노출될 위험성이 가장 높은 연령대의 사람들에게 정보와 예방법을 알려줄 기회를 가로막는 구시대의 편견이나 금기 사항을 고집하는 관계 당국들의 행태에 비할까.

우리는 끝없이 자문해볼 수 있다. 분명한 것은, 라가 섬은 오늘날 태평양에 위치한 대다수 섬들과 마찬가지로, 말리노프스키가 만들어낸, 트로브리안드 군도* 사람들이 자유로운 성을 통해 관능과 환락의 파라다이스를 구가하며 살아가고 있다는 환상 속의 낙원과는 거리가 멀어도 한참 멀다는 것이다—그가 자신의 일기에서 "해안의 섬, '카이탈루기'의 여자들은 아름답고, 사랑을 한다"라고 묘사했을 때 그것은 아마도 그 자신이 실제 애정생활에서 맛본 실패를 보상해주는 환상이었을 것이다.

* 공식 명칭은 '키리위나 섬'. 뉴기니 섬 동쪽 연안에 위치한 환상 산호섬이다.

"지금은 낙원의 시대가 아니다"라고 앙리 미쇼는 말한다(『비참한 기적 *Miserable miracle*』).

지금은 아마존의 열대 원시림 한복판까지, 남극대륙의 얼어붙은 협곡들까지, 지구 위의 가장 작은 땅덩어리까지도 탐사되고, 사진 찍히고, 위성 카메라의 차가운 눈으로 분석되었다. 한 가지 비밀이 남아 있다면, 그 비밀은 바로 영혼 속에 있다. 시간과 뒤섞여 여름날 마른번개처럼 다시 나타나 사람들의 살갗을 타고 흐르는 아주 많은 노래, 욕망, 전설, 가변 들 속에.

저항의 기술

“화산재와 산호의 섬”, 지리학자 오베르 드 라 뤼는 한때 태평양의 대륙을 그렇게 묘사했다. 마치 시작과 끝이 그 장소에서 서로 맞닿아 있는 것 같다. 기반들, 수백만 년 동안 강의 충적토가 쌓인 그 거대한 화강암과 석회암 덩어리들에서 나고 자란 사람들에게 화산섬은 뭔가 새로운 것, 불확실한 것, 상상적인 것을 품고 있다. 그리고 거기서 자란 사람들은 그런 것들에 깊은 영향을 받을 수밖에 없다.

대기에 떠 있는 먼지, 늘 떠도는 탄내, 아니면 강렬한 폭발이 일어난 뒤의 정적. 늘 떨고 있는 땅, 불안정하게 흔들리는 지표면. 언제라도 모든 것을 집어삼킬 수 있는 바다. 이곳의 유일한 서식 동물 같은 바닷새들. 깊은 바닷속에 사는 괴물 같은 이상한 물고기들. 칠성장어, 돌 물고기, 전갈 물고기. 때때로 광기를 주체하지 못한 듯 바다에서 솟아올라 까닭 없이 해변으로 올라와 죽는 달 물고기.

서기 15세기* 로이 마타 추장 시대에, 강력한 지진으로 바다가 쿠웨 섬을 완전히 집어삼켰다. 전설에 따르면, 그 천재지변은 근친상간 때문에 일어났다고 한다(이 근친상간은 홍수의 원인이기도 했다). 우리가 어떤 지역, 어떤 고향 땅을 마음에 품고 있는데, 그곳의 일부가 어느 날 갑자기 사라져버렸다는 것을 알게 된다면 이상하고 낯선 느낌이 들 수밖에 없을 것이다. 그것은 마치 절단 수술을 받은 사람의 꿈과도 같다. 거기에는 불가능한 것, 불완전한 뭔가가 있다. 카누가 에파테 섬과 에피 섬 사이의 대양 위

* 로이 마타는 13세기 바누아투 추장인데, 작가가 시대를 착각한 듯하다.

로 미끄러져 간다. 카누는 바다가 집어삼켜버린 어떤 세계 위를 지나간다.

그래서 나머지 모든 것은 필연적으로 하찮고 비현실적인 인상을 줄 수밖에 없다.

그 심연의 가장자리에서 태어난 사람은 저항하는 법을 배워야만 한다.

미국에서 왔건 유럽에서 왔건, 외국의 여행자를 놀라게 하는 것은 바로 그 저항이다.

바다 기슭에 서서 기다리는 조각상들.

조각상들, 남자들일까, 여자들일까?

신들이다.

그것들은 나무처럼 생긴 검은 고사리 뿌리에 조각되어 바다 기슭에 서 있거나 마을에서 멀지 않은 숲 속 빈터에 반원형으로 모여 있다.

로아들, 정령들.

섬 동쪽 동굴 속이나 바다 밑으로 쓸려간 죽은 자들의

초상. 언젠가는 돌아올 그들을 기다리는 것일까? 불가능한 일만은 아닐 것이다.

인간과 동물 사이의 초자연적인 존재들, 2미터가 넘는 언덕 같은 석상들. 앵무조개를 닮은 그들의 눈, 날카로운 옆모습, 곧은 코, 양옆으로 벌어진 콧구멍, 나선형의 돼지 이빨이 꿰여 있는 윗입술과 아랫입술, 나뭇결에 파놓은 얼굴들. 테두리를 둘러 부각시킨, 도마뱀 볏으로 머리를 장식한 얼굴들.

그들의 몸에는 위에서 아래까지 가늘고 긴 홈이 패어 있고 그 홈으로 나무둥치의 붉은 내부가 들여다보이는데, 그것은 그들의 목소리가 새어 나오게 하기 위한 것이다.

슬릿드럼들.

푹신한 땅 위에서 맨발로 뛰는 듯한 소리를 내는, 오랜 세월 동안 이 섬에서 저 섬으로 울려 퍼졌던 희미하면서도 강렬한 북소리.

숲과 땅의 심연에서 올라온 목소리. 지하의 북들, 죽은 자들의 목소리, 섬과 섬을 이어주던 옛사람들의 목소리.

암바에, 암브림, 에피, 에파테, 라가, 탄나, 통오아, 아나톰.

시간의 파열된 부분들을 다시 꿰매어 붙이고, 먼 지역들, 오스트레일리아, 술라웨시 섬, 몰루카 제도, 말레이시아, 마다가스카르, 안다만, 타이완, 아마미 오시마 섬을 이 섬들과 연결해주었던 소리.

밤하늘의 천막을 짜고, 파도들을 가르며 녹빛 대양 위에 길을 내던 어두운 북소리.

수세기 동안 그 존재들은 춤추고 노래를 불렀다.

지금은 조용히 침묵하고 있다.

파리의 케 브랑리 박물관에, 런던의 대영박물관에, 브뤼셀의 레오폴트 2세 박물관에, 로마, 마드리드, 베를린, 워싱턴, 이 세상 곳곳의 박물관들에 유배된 채.

그들은 더이상 소리내지 않을 것이다.

배腹 부분이 타오르는 불꽃 색깔을 띠는 그 검은 나무는 포트빌라의 먼지 쌓인 정원들 안에서, 먼 바다에 떠가는 카누와 섬유 가면들 옆에서, 천천히 타들어간다.

라파누이 섬*의 거인들과 암브림 섬, 라가 섬의 거인들은 서로 닮았다. 마치 펜테코스트에서 이스터 섬까지 우수 어린 단 한 곡의 노래면 다다를 수 있었던 것처럼.

아직도, 풍화할 때까지, 먼지가 되어 사라질 때까지 꼼짝도 않고 서 있다. 남자들과 여자들이 삶을 다시 시작하기 위해 그 검은 바다 기슭에 발을 내디디던 그때처럼, 폭풍우 속에서 외쳐지는 선조들의 이름.

세월이 흘러갔다. 커다란 여행용 카누는 멜시시 해변에서 이미 썩어버렸다. 아이들은 그것을 놀이기구 삼아, 마치 고래상어 등에 올라타듯 용골 위에 올라타기 시작한다. 아이들의 이름은 마탕울, 마타눌룬, 타비소학, 타비보공, 마봉위힐, 불레우루, 불레쿤, 불레베가다.

---

* 이스터 섬.

마탕수에의 아들 타비숨은 흑단나무 같은 살결에 군살이라곤 찾아볼 수 없는 다부진 몸의 젊은이다. 그는 자기 가족을 자랑스러워한다. 얼마 전에 그는 수평선이 보이는 멜시시 언덕에 있는 남자들의 집에 출입해도 좋다는 허락을 받았다. 매일 저녁 그는 카바 뿌리를 찧어 샘물과 섞은 즙을 마시기 위해 커다란 용수나무 아래로 간다.

주위의 모든 언덕을 개간해 얌, 고구마, 양배추를 심었고, 숲 속 빈터들에는 타로 나뭇잎이 빽빽이 들어차 있다. 타비숨의 아버지 타비리는 곶부터 강까지 주변의 모든 땅이 자기 것이라고 주장했다. 그리고 타비탕은 거대한 폭포수가 떨어지는 곳까지 강의 남쪽 땅을 지배한다. 전쟁은 없었다. 아프마 부족은 북쪽으로는 라가 사람들, 남쪽으로는 사 부족들과 함께 경계선을 정했다. 그들은 자신들의 영토 소유권을 증명하기 위해 그 경계선을 따라 소철 종려나무 잎을 한 아름 뿌려놓았을 뿐이다.

마탕세세 할멈은 죽었다. 그녀는 그 새로운 섬에 묻힌 최초의 여자였다. 그녀의 영혼은 바닷가 동굴들 속으로,

산 너머로, 선조들의 영혼을 만나러 갔다.

타비숨은 돼지 이빨과 얌, 타로 반죽으로 첫 계급을 샀다. 바로 그날 폭풍우가 섬에 불어닥쳤고, 높은 산 위의 나무들이 바람에 휘었다. 타비숨은 혼자서 마치 제2의 탄생을 하려는 듯 완전히 발가벗은 채로 구름에 가려진 산 정상으로 달려 올라가 비바람 속에서 선조의 이름을 외쳤다. 그 이름이 자신의 이름이 되어 동굴 바닥까지, 협곡 밑바닥까지 울려 퍼지도록.

어느 날, 그는 카바 뿌리를 찾아 숲 속으로 들어갔다가, 소철 종려나무 잎이 뿌려진 경계선 너머에 한 여자가 서 있는 것을 본다. 그녀는 아주 젊다. 어여쁜 얼굴은 달처럼 둥글고, 가슴은 봉긋이 솟아 있고, 몸은 날씬하고 유연하다. 살결은 환한 갈색이고, 머리칼에는 하얗게 산호 석회를 발랐다. 타비숨은 그녀를 바라본다. 그의 심장이 가슴 속에서 더 세차게 뛴다. 그는 그녀에게 다가가 부드럽게 말한다. 그녀는 길 저편의 다른 부족 사람이다. 그녀는 금방이라도 달아날 것처럼 몸을 반쯤 돌린 채 꼼짝도 하지 않고 있다. 아마도 산딸기를 따러 나왔다가 길을 잃은 듯하다. 이마에 줄을 걸어 등 뒤로 메고 있는 그녀의 망태기에는 풀과 꽃 들이 가득하다. 그녀는 호기심에 이끌려 이곳까지 온 것인지도 모른다. 타비숨을 만나기 위해. 그녀는 살짝 겁을 먹은 것 같다. 하지만 타비숨이 다가와 말을 거는데도 꼼짝 않고 그대로 있다. 타비숨은 중얼거리듯 낮은 목소리로 이름을 묻는다. 하지만 그녀는 말을 알아듣지 못한다. 그녀는 북쪽 지역 사람이다. 그녀는 그의 말에 귀를 기울이며 타비숨 쪽을 돌아다본다. 그러고는 곁눈질로 그를 쳐다본다. 한참 동안 자기를 쳐다보는 그 비스듬한 눈길에 타비숨은 당황해서 어쩔 줄을 모른다. 그녀의 입가에 미소가 번진다. 그녀 눈 위의 눈썹이 두 개의 완벽한 아치를 이룬다. 처녀의 눈에서 밝은 섬광이 빛난다. 타비숨은 이보다 더 아름다운 처녀는 본 적이 없는 것만 같다.

그들은 그대로 오랫동안 머물러 있다. 상대방을 건드

리지도 않고, 말 한마디 나누지도 않고, 그저 그렇게 옆에 서 있다. 숲 속에서 타비숨은 바람 소리, 새소리, 막 떨어지기 시작한 빗소리를 듣는다. 저물녘이다. 하늘이 벌써 어두워진다. 그때 그리 멀지 않은 곳에서 누군가가 외치는 소리가 들린다. 다급한 여자의 목소리다. "렐레!" 타비숨은 그게 처녀의 이름이라는 것을 알아차린다. 그 순간 그녀가 갑자기 돌아서서 겁에 질린 동물처럼 숲 속으로 달아난다. 나뭇잎 사이로 사라진다. 하지만 타비숨은 길 건너편으로 넘어갈 엄두를 내지 못한 채 그 자리에 그대로 얼어붙어 있다. 이윽고 그는 자기 마을 쪽으로 돌아서서, 남자들이 모여 카바를 마시고 있을 나무를 향해 걸어간다.

여러 주, 여러 달이 흘러간다. 타비숨은 렐레를 잊을 수가 없다. 그는 날마다 숲 속으로 간다. 그녀가 다시 나타날 거라는 희망을 안고 경계선까지 걸어간다. 그녀의 가냘픈 몸매, 아름다운 얼굴, 미소, 그 맑은 눈을 다시 볼 수 있으리라는 기대 속에서. 하지만 허사다.

그는 먹고 마시는 즐거움도 잃어버렸다. 멋지게 치장하고 광장에서 춤추는 것을 좋아하던 그가 이제는 아버지의 집 안에 틀어박혀 있거나 사냥을 핑계 삼아 숲 속으로 간다. 아버지와 어머니는 그를 걱정한다. 어떤 해로운 정령이 아들의 몸속에 들어간 것이라고 생각한다. 하지만 타비숨은 치료를 거부한다. 그는 북쪽을 향해 숲 속으로 떠난다. 그는 소철 잎사귀가 더이상 보이지 않는 곳까지 가서 매번 같은 자리의 돌 위에 앉아 하루 종일 기다린다. 밤이 될 때까지.

마침내 그는 이제 더는 앉아서 기다릴 수만은 없다고 생각한다. 그는 활과 화살, 불에 달구어 날카롭게 벼린 창을 챙긴다. 보석들로 치장을 했다. 그리고 가슴에는 진급식 때 아버지에게 받은 커다란 자개 장식을 걸었다. 그는 경계선을 넘고, 언덕과 협곡을 가로질러 북쪽을 향해 걸어간다. 저녁 무렵에 그는 적의 마을 앞에 도착한다. 심장이 세차게 고동친다. 두려움 때문이 아니라 렐레를 이제 곧 다시 만날 수 있을 거라는 기대 때문이다.

마을 안으로 들어서자마자 그는 마을 남자들에게 붙잡힌다. 무기와 보석을 빼앗기고 마을 광장 한복판에 패대기쳐진다. 그의 손과 발은 야생 돼지처럼 꽁꽁 묶였다. 여자들, 아이들이 그에게 다가와 진흙덩이를 던지며 야유를 퍼붓는다. 그래도 타비숨은 창피해하지 않는다. 그는 사랑하는 처녀를 생각한다. 그는 날아오는 진흙덩이 틈에서 일어나 "렐레!"라고 소리친다. 모여든 사람들이 더이상 진흙덩이를 던지지 않을 때까지 처녀의 이름을 소리쳐 부른다. 마치 여신의 이름인 양 그 이름을 외쳐 부른다.

그런 애타는 외침에 뒤따르는 침묵이 그에게는 매질과 욕지거리보다 훨씬 더 끔찍하게 느껴진다. 타비숨은 렐레가 자기를 사랑하지 않거나 다른 남자와 결혼한 게 분명하다고 생각한다. 그는 죽고 싶다.

그때 어느 나이 많은 여인이 그에게 다가온다. 그녀는 멜시시어로 말한다. 그녀는 어린 시절에 타비탕 전사들의 손에서 자라났기 때문에 아직도 멜시시 말을 기억한다. "누굴 찾는 거냐?" 그녀가 묻는다. 타비숨은 악착같이 렐레의 이름을 되뇐다. 그리고 렐레는 자기가 사랑하는 여자이며, 그녀와 결혼하기 위해 찾아온 거라고 말한다.

늙은 여인은 대답 없이 한동안 물끄러미 그를 바라보더니, 아주 짧게 한마디를 내뱉을 뿐이다. "맙소사." 렐레는 죽었다. 몇 달 전 열병에 걸려 죽었다. 그녀는 산속에 묻혔다.

타비숨은 어안이 벙벙하다. 아무 말 없이 주위를 둘러본다. 그는 정신이 나가버렸다. 마을 사람들은 타비숨을 결박했던 끈을 풀어주고, 마치 그가 유령이기라도 한 양 그를 마을에서 멀리 내쫓는다.

타비숨은 자기 마을로 곧장 되돌아가지 않고 오랫동안 숲 속을 헤매고 다닌다. 그는 정신을 되찾지 못했다. 지칠 줄 모르고 막대기로 똑같은 그림을 땅바닥에 그린다. 완벽한 아치 눈썹을 표현하기 위한 두 개의 반달, 하트 모양의 아름다운 얼굴, 미소 띤 입, 그리고 아주 맑은 눈길로 비스듬히 그를 바라보는 두 눈. 사람들이 뭘 그리고 있느냐고 물으면, 그는 그저 이렇게 대답한다. "와키트 케르",

곁눈질.

그것은 아주 오래전에 일어난 일이다. 이제 타비숨은 죽었고, 렐레를 기억하는 사람은 아무도 없다. 하지만 라가의 여자들은 전통 직물과 판다누스 치마를 계속 짠다. 그리고 이루어질 수 없는 사랑을 기리며 '와키트 케르'를 직물에 짜 넣곤 한다.

아마도 여행을 하는 이유 중에 자기 자신의 무능력을 정확히 가늠하려는 것보다 더 큰 이유도 없을 것이다.

라가 섬, 보이지 않는 대륙의 그 작은 조각, 나는 거의 실수로 그곳에 다가갔다. 그 섬이 나에게 무엇을 선사할지 전혀 모르는 채로. 꿈이나 욕망을 선사할지, 환상이나 새로운 희망을 줄지, 아니면 그저 기항지일 뿐인지……

흘끗 보였다가 스치듯 지나친 라가는 이미 멀어지고 있다.

라가, 기억의 섬, 재앙과 치명적인 전쟁들이 일어나기 이전 시대의 섬. 산토, 암브림, 탄나의 기억은 검은 바위들에, 기념비들에 새겨진다. 라가의 기억은 산속에, 나무 속에, 정화수가 폭포가 되어 떨어지는 깊은 골짜기 속에 있다.

그리고 샤를로트의 미소 짓는 얼굴에, 그녀의 아이들, 그녀가 입양한 어린 사내아이 타비리의 얼굴에 있다.

자신이 가진 옷 중에 가장 아름다운 옷을 꺼내 입고 가슴에 꽃다발을 꼭 껴안은 채 내 앞에서 포즈를 취하는 아가트 할멈의 부드러운 몸짓 속에도.

바누아투의 최근 역사는 왜곡되었다. 공용어인 비슬라마어는 하나의 방언일 뿐이라고들 말한다(모리셔스나 앤틸리스 제도의 크레올어도 바로 그런 평가를 듣고 있다). 영어와 프랑스어의 병용은 식민지 시절을 즐겨 회상하는 사람들에게 마르지 않는 샘물 같은 주제다. 케이로스와 마젤란을 기리며 포트빌라가 에스파냐의 소유임을 인정했던 그 최고위 사법관의 이야기를 마치 어제 일처럼 말하는 것을 아직도 들을 수 있다.

서양이 태평양 제도를 향해 벌린 그 탐욕스러운 아가리를 다시 닫았을 무렵, 때는 이미 너무 늦어 있었다. 암브림과 에파테의 북, 타히티의 소라고둥은 강철 배에 탄 침입자들이 다가오는 것을 막기에는 역부족이었고, 그 뒤를 쫓아온 잡다한 인간 군상, 식민지 개척자들, 관광객들, 소아성애자들—열네 살짜리 타히티 소녀와 결혼한 고갱이나 플레처—, 악마들을 일소하고 원주민들의 알몸에 옷을 입히러 온 선교사들을 막을 수 없었다.

거대한 세력들이 이 무대 위에서 서로 대립했다. 분명 인류 역사상 가장 광대한 전쟁터였을 것이다. 성서공회가 차지한 광활한 영역 내에서 태평양 동쪽에는 프랑스인과 영국인들, 뉴질랜드와 태즈메이니아 남쪽으로는 영국계 오스트레일리아인들, 순다 열도에는 네덜란드인과 독일인들, 북쪽에는 미국인들, 나머지 부분에는 일본인들이 들어왔다.

그 원정에서는 그래도 조금이나마 낭만주의를 찾아볼 수 있었다. 사람들은 어느 장소에 다른 누군가가 먼저 꽂아놓은 깃발을 뽑아내고 자신들의 깃발을 꽂기 위해 모험을 떠나곤 했다. 적들 사이에 때때로 동맹이 맺어지기도 했다. 플린더스와 보댕* 사이에 맺어진 동맹이나 쿡 선장의 자취를 찾아 떠난 뒤몽 뒤르빌처럼. 전설들이 이 지역을 보이지 않는 세계로 만드는 데 기여했다. 이 민족들의 단일성은 무시되었고, 그들의 영토는 수많은 섬으로 잘게 나뉘어 그곳들을 소유하고 싶어하는 자들에게 제공되었다. 오늘날까지도 태평양은 끝없는 수평선과 보물섬들에 매료된 최후의 '모험가들'이 등장하는 이야기의 무대로 쓰이고 있다. 그곳의 남자들과 여자들은 관대하고 그들을

* 18세기 오스트레일리아 해안을 탐험했던 프랑스의 탐험가이자 지도 제작자.

둘러싼 자연처럼 아무 근심걱정 없이 살아간다는 식으로 말이다!

그러나 현실은 슬프게도 그렇지 않다. 남쪽 섬들은 꿈의 창고일 뿐만 아니라 약탈자들의 집결 장소이기도 했다. 그곳에서 그들은 백단향을 마구 베어버리고, 해삼이나 고래를 닥치는 대로 잡았으며, 바다거북과 새들의 대학살을 자행했다. 그러고 나서 이제 인간밖에 남지 않게 되었을 때, 그들을 퀸즐랜드나 피지의 대농장과 뉴칼레도니아의 광산에서 노예로 부려먹었다. '낙원'의 섬들은 처음에는 죄수와 매춘부를 위한 지옥이었다. 이후 20세기 중반까지 태평양은 무자비한 전쟁의 무대였고, 그 후로는 공공연한 핵무기 실험장이 되었다. 그들이 무엇 때문에 주저했겠는가? 그 외딴 섬들은 그들이 주인 없는 바다를 정복한 이후부터야 비로소 존재하게 된 게 아니던가? 그곳 원주민들과 마찬가지로 그들도 아무런 거리낌 없이 그 섬들을 마음대로 이용할 당연한 권리가 있지 않은가? 식민지 강대국들끼리 분할해 나눠 가진 태평양 대륙은 눈에 보이지 않는 대륙이 되어갔다. 얼마 전까지만 해도 식인종이었던 야만인들이 살고 있던, 존재하지 않았던 장소. 혹은 꽃이며 과일이며 여자까지, 모든 것이 풍부했던 에덴동산 같은 곳.

저항, 그것은 노예 상태나 멸망의 위기에 직면한 사람들이 절망 속에 선택하는 궁극의 자기방어였다. 저항운동이 결집력도 논리도 없이 여기저기서 나타났다. 그 움직임들은 혁명적인 의도보다는 꿈에서부터 태어났다. 일시적인 흥분과 충동에 따른 공격이 산발적으로 일어났고—무고한 사람들이 죽기도 했고, 폭동을 일으킨 사람들의 화살과 몽둥이질에 학살당한 식민지 이주자 가족들도 있었다—, 식민지 세력은 대포를 동원해 원주민 마을들을 무차별적으로 공격하는 피의 진압을 감행했다. 식민지 점령을 위해 우물에 독약을 풀거나 일부러 전염병을 퍼뜨리는 등 온갖 만행을 저질렀고, 부정부패가 만연하는 가운데 점령 세력에 빌붙어 이권을 챙기려는 세력들 간에 이전투구가 벌어졌다.

바누아투에서 일련의 메시아 운동이 일어나고 있다는 소문이 퍼져나가기 시작했다. 탄나 마을의 존 프럼*과 그의 비의秘儀적인 군대, 또는 에스피리투산토의 나그리아멜 당**이 그것이었다. 1900년부터 독립 때까지 뉴헤브리디스 제도에서 온갖 '사건'이 터졌다. 그 사건들에는 모두

---

* 신비의 인물 존 프럼은 20세기 초에 등장해 영국과 프랑스의 점령군에 맞서 저항운동을 벌였다. 존 프럼의 군대는 나무총을 소지했다. 그 군대의 문장은 '불나무'로 만든 검은 십자가였는데, 이것이 멜라네시아인들의 저항의 상징이 되었다. 우여곡절을 겪은 뒤 1980년 그 제도가 독립하자 저항운동도 사라졌다.(원주)

** 1890년 식민지 이주자 클랍코트의 살해에 뒤이은 무력 진압과 영국인들의 로노부로 추장의 처형은 에스피리투산토에 폭동을 불러일으켰고, 이 폭동은 뉴헤브리디스 제도의 모든 섬들로 빠르게 번져나갔다. 대지주들에 맞서 일어난 이 폭동을 계기로 지미 스티븐스가 1965년 나그리아멜 당(나그리아멜은 나그리아, 즉 '여자 전쟁포로의 교환', 그리고 나멜, 즉 '관습에 대한 권리'라는 두 단어를 결합한 것이다)을 창당하게 되었다. 에스피리투산토에서 태동한 나그리아멜 운동은 프랑스어를 사용하고 독립과 비슬라마어에 우호적이었던 개신교 목사 월터 리니가 에파테 섬에서 창당한 바누아투 당과 대립했다. 총선 결과 바누아투 당이 압승했고, 1980년 마침내 바누아투는 독립하게 되었다.(원주)

식민지화로 인해 금지되었던 '관습'을 되찾고 마술의 힘을 빌려 점령군과 선교사들을 패주시켰다는 공통점이 있었다. 가장 눈길을 끌었던 것 중 하나는 '나체 숭배' 운동이었다. 이 운동은 민족학자 장 기아르가 프랑스 정부로부터 인구 조사 임무를 받고 파견된 시기에 에스피리투산토에서 일어났다.* 나체 숭배 운동은 어떤 면에서 기독교의 에덴동산과 같은 주제들을 통합하면서 조상 대대로 내려오는 가치의 회복을 상징화했다. 오라 강의 주민들은 체크 교주의 영도 아래 현대적인 물건이나 돈도 사용하지 않고, 결혼뿐만 아니라 성관계도 일절 금지당한 채 나체로 살아야 했다. 나체 숭배는 극단적인 자기 정체성을 주장하면서 원죄 이전의 상태—유럽 사람들이 그곳에 들어오기 전의 상태—, 그리고 인간이 땅을 개인적으로 소유하기 전의 상태로 되돌아가는 데 목적을 두었다. 하지

---

* 나체 숭배에 관한 묘사는 장 기아르의 『에스피리투산토*Espiritu Santo*』(파리, 플롱 출판사, 1958년), 206쪽에 기술되었다.(원주)

만 나체 숭배는 이를 이끌었던 선구자의 죽음—그는 병으로 죽었거나 아니면 그를 질시하던 누군가에게 독살당했다—과 함께 쇠락했다. 존 프럼의 경우처럼, 다시 말해 익히 알려진(그리고 아마도 가상적인) '화물 숭배'가 그랬던 것처럼, 나체 숭배는 특히 멜라네시아 사람들의 놀라운 저항 의지를 입증해주는 것이었다. 그들은 신화와 꿈에서 그들 자신의 비극적인 역사를 극복할 힘을 길어 올렸다.

소위 말하는 '라틴' 정신이나 '아프리카' 정신처럼, 오늘날 '태평양' 정신이라는 것이 있을까? 이 광활한 해양 영역의 극단적인 분할과 식민지 세력에 맞선 공동의 투쟁이 이곳의 다양한 종족들 사이에 일종의 유대관계를 만들어낸 듯 보인다.

수많은 섬이 지금도 신탁통치 아래 있고, 심지어 식민지 체제 아래 있는 섬들도 있다. 타히티 군도, 마르키즈 제도, 로열티 제도 또는 뉴칼레도니아, 그리고 하와이,

괌, 사모아 역시 마찬가지다. 운 좋게 독립에 성공한 섬들도 있지만 높은 실업률, 낙후된 경제, 산업 강대국들의 과도한 영향력, 극단에 치우친 관광산업 등으로 인해 자립에 많은 어려움을 겪고 있다. 그렇다 해도 정보는 유통된다. 섬들, 제도들 사이에 몇몇 유대관계도 맺어지고 있다. 물론 그것은 무엇보다 경제적인 이익과 시장 가능성을 위한 관계들이다.

그러나 또다른 유형의 관계, 기억이나 감정을 매개로 이루어진 관계도 찾아볼 수 있다. 아마도 옛 정신에서 남아 있는 것은 바로 그것이리라. 이 섬에서 저 섬으로 울려 퍼지던 북소리, 가면, 문신, 모래 위에 그려진 그림 '루루', 또는 끝없이 펼쳐진 대양의 이 해안에서 저 해안까지 한때 그 부족들을 단결시켜주었던 신화들의 그 불분명하고 불안정한 목소리.

어느 날, 멜시시에서 저녁식사를 마친 뒤, 글라디스 수녀가 누메아* 기숙학교 학생 시절에 우베아 동굴을 방문

했던 이야기를 들려준다. 그녀는 머뭇거리며 그 얘기를 꺼낸다. 내가 이곳 출신이 아니기 때문에 나를 다른 해안 사람, 그러니까 자기 종족의 적에 해당하는 사람일 수도 있다고 생각해서인 듯하다. 그녀의 목소리가 약간 떨린다. 그토록 오랜 세월이 흘렀음에도 그녀는 자신의 감정을 숨기기가 어렵다.

'그 사태'(식민지 역사가들처럼 말하자면)가 일어났을 때 그녀는 아주 어렸다. 하지만 그녀는 모든 걸 또렷이 기억하고 있다. 분리 독립을 주장하던 카낙들이 헌병들을 납치한 사건, 프랑스 정부의 최후통첩, 그 후 프랑스 군대의 동굴 공격, 그리고 양측에서 벌인 학살극, 동굴 안에서 칼에 맞아 살해당한 헌병들, 덤불숲 속에서 맞아 죽은 열아홉 명의 카낙들, 남자들, 그중 아직 소년티도 벗지 못한 아이들, 비처럼 쏟아지는 총알을 맞고 쓰러진 그들, 쓰레기봉투에 쓸어 담겨 헬리콥터에 실려 간 그들의 시신.

---

* 뉴칼레도니아의 주도이다.

독립을 얻기 위한 카낙들의 정당한 투쟁을 의미했던 그 끔찍한 사건들에 관해 사람들은 많은 글을 쓰고 장황하게 이야기했다. 유엔이 나서서 서둘러 진상 조사를 했음에도, 우베아 지도자들의 책임이나, 그 당시 프랑스를 이끈 쌍두마차(미테랑 대통령, 시라크 총리)에 의해 가려진 정보와 잘못된 지시에 따라 과격한 진압 작전을 펼친 프랑스 군대의 책임은 밝혀지지 않았다. 진실이 영원히 묻혀버릴지 어떨지는 확실치 않다.

하지만 글라디스 수녀는 판단하지 않는다. 그저 자신의 감정을 말할 뿐이다. 청소년기의 그녀가 그 장소를 일종의 성지로 만든 카낙 독립운동 지지자들의 손에 이끌려 동굴 안으로 들어가 죽은 자들을 기리며 타오르는 작은 촛불들을 보았을 때의 그 감정을. 동굴 진압 작전이 있기 전에 그들이 마지막으로 식사를 한 흔적. 동굴 바닥에 놓인 꽃들, 화환들, 그리고 카낙 희생자 각각을 의미하는 열아홉 개의 돌더미. 그녀는 연기 냄새와 향기가 뒤섞인 동굴의 공기를 들이마셨다. 그녀는 그 무덤의 익숙한 서늘함 속에서 몸을 떨었다. 마치 운명의 순간에 그녀에게 스며들었던 그 분노와 두려움이 지금도 그대로 남아 있는 것처럼. 마치 그 저주받은 장소 안에 아직도 정의에 대한 갈증과 인정받고 싶은 갈망으로 투사들을 자극하던 한 조각 희망이 남아 있는 것처럼. 이제 그것은 글라디스 수녀의 일부를 이루고 있다, 비록 그녀가 그곳 사람이 아니라 하더라도. 비록 그녀가 라가 출신이라고 해도, 그녀의 모국어가 아프마어이며, 그녀의 나라가 뉴칼레도니아에서 아주 멀리 떨어진 곳에 있다 하더라도. 아마도 그녀 안에 깃든 믿음, 둥둥거리는 옛 북소리와 찬가를 부르는 성가대 소리와 오세아니아의 모든 마을 광장에서 울려 퍼지는 맨발의 발소리가 뒤섞이는 새로운 종교에 대한 희망 때문이리라.

팔림시 강은 야자나무 농장들과 얌 밭 한가운데로 평

화롭게 흐르고 있다. 강 하구에는 펜테코스트 남서쪽에서 가장 큰 마을인 팡기가 있다. 그곳은 번랍과 베이배리어, 그리고 지협의 또다른 쪽, 암브림 섬의 북쪽까지 사sa어가 통용되는 지역이다. 그곳은 호모 만의 정박지, 그리고 골의 인기 때문에 가장 발전한 관광지이기도 하다. 매년 3월 말, 얌 수확이 끝나고 나면 수백 척의 배가 그 만으로 밀려 들어온다. 고독한 항해자들의 범선과 오스트레일리아, 뉴질랜드, 때로는 남아프리카나 아메리카에서 온 유람선들까지. 윌리 추장의 방갈로들은 꽉꽉 들어차고, 팡기 식료품점의 하나뿐인 빨간 사륜구동 차가 주민보다 관광객이 더 많은 번랍과 베이배리어를 분주히 오간다.

그곳은 현대사회다. 우리는 그곳 사람들이 관광객도, 비디오카메라도, 공식 달력도 없이 자신들의 전통대로 살아가던 시대가 그리울 수도 있다. 하지만 그것이 현실이다.

나는 베베 추장의 막내아들 윌리 2세와 함께 강을 따라 걷는다. 열한 살인 그 아이는 키는 작지만 쾌활하고 총명해 보인다. 아이는 나보다 몇 발짝 뒤처져 걸으면서도 복잡한 오솔길들로 나를 능숙하게 안내한다. 멜라네시아 사회는 분명히 많이 변했다. 하지만 이곳에서는 아직도 연장자들을 존중한다. 나는 그게 마음에 든다.

팔림시는 연안에서 그리 멀지 않은 내륙의 마을이다. 나는 마음먹고 번랍이나 베이배리어를(식료품점의 빨간 사륜구동 차를 타고) 구경하러 갈 수도 있었다. 그곳들은 볼거리가 많은 유명한 마을이다. 번랍은 몇백 년씩 이어온 관습, 즉 다신교와 남근 덮개를 지금까지 유지하고 있는 것으로 유명하다. 그곳 원주민들은 멜라네시아 문명의 전통을 고스란히 간직하고 있다고들 말한다. 분명 가능한 일이다. 하지만 그와 동시에 그들은 관광산업에도 매우 깊이 연루되어 있다. 최근에 어느 텔레비전 방송 제작 팀이 번랍을 촬영하고 싶다고 하자 그들은 촬영 조건으로 2만 달러를 달라고 요구했다. 사진 촬영에 응해주고 볼거리를 제공해주는 데 대한 대가를 지불하라는 것이다. 그곳에 단순히 산책을 하러 가는 건 불가능하다. 상품화된 벗은 젖가슴과 남근 덮개 같은 것들에 나는 마음이 끌리지 않는다. 천천히 시간을 갖고서, 사람들을 만나고, 번잡한 곳들을 피하고, 그 지역의 언어로 말할 필요가 있다. 그런 사정을 고려할 때, 나는 차라리 마거릿 졸리와 엘리타트뱅 신부의 글을 읽는 게 더 좋다.

아무도 팔림시에는 절대로 가지 않는다. 그곳은 프로테스탄트 마을이다. 사실 새로운 종교다. 그 종교는 아마도 전 세계를 통틀어 가장 새로운 21세기 종교일 것이고, 가톨릭이나 개신교에 전혀 빚을 지지는 않았지만 그리스도의 샘물을 직접 마시고자 하는 종교다. 윌리 베베의 아들이 나와 동행한다. 그 아이가 노래를 부르기 위해 팔림시 교회에 가기 때문이다. 타히티, 마르키즈의 열린 교회들에서 나는 노래를 들었다. 마오이어의 그 부드러운 흔들림, 여자들의 꽃무늬 원피스가 좋았다. 소박한 종교의식도.

팔림시에 도착하기 얼마 전에 강가에 모여 있는 사람들이 보인다. "세례식을 하는 거예요." 윌리 2세가 나에게 설명한다. 그 아이는 계속 마을을 향해 가고, 나는 강 쪽으로 내려간다. 오솔길이 끊겨 있다. 그래서 신발을 벗고 물속으로 걸어가야 한다.

둑 위로 풀이 무성하게 우거지고 햇볕이 내리쬐는 평지에 많은 사람들이 모여 있다. 기다란 줄기 끝에 핀 꽃들, 강렬한 붉은색 칸나, 키 큰 종려나무들이 장식처럼 심어져 있다. 그곳에 바지와 얼룩덜룩한 셔츠를 입은 남자들, 태평양 특유의 알록달록한 긴 원피스를 입은 여자들, 오늘날의 여느 젊은이들처럼 청바지와 스웨터를 입고 스니커즈를 신은 청년들이 있다. 태양이 뜨겁게 작열하는데도 남자들은 하나같이 모자를 쓰지 않았다. 여자들은 양산을 펼쳐 들고 있다. 모두들 강 앞에서 말없이 기다리고 있다.

나는 강을 바라본다. 그보다 아름다운 강은 본 적이 없는 것 같다(사실 이건 증명하기 어려운 주관적인 판단이다). 이 강은 빛이 나고 투명하다. 강물은 잔잔한 수면에 작은 소용돌이들로 움푹 팬 자국들을 그리는 다양한 움직임 속에 반짝반짝 빛을 내며 유유히 흘러간다. 수면 곳곳에 하늘이 비친다. 또다른 강 위로 커다란 나무 몇 그루가 그림자를 드리우고, 검은 바위들이 일종의 댐을 형성하고 있다. 멀리, 강 상류 쪽에는 언덕들이 있다. 들리는 소리라고는 아주 부드러우면서도 힘차게 미끄러져 흘러가는 강물 소리뿐이다.

나는 계속 그 사람들과 조금 거리를 두고 떨어져 있다. 하지만 신전 안에서 하듯 쓰고 있던 챙 모자를 벗었다. 목덜미에 태양의 무게가 느껴지고, 내 발과 발목을 휘감는 차가운 물이 느껴진다.

모여 있던 사람들이 이윽고 사sa어로 노래를 부르기 시작한다. 내가 포트빌라 한복판의 정원들에서 들었던 것과 같은 약간 느리고 규칙적인 리듬의 바누아투 노래다. 남자들과 여자들이 천천히 몸을 좌우로 흔들면서 입을 모아 노래하다가 갑자기 멈춘다. 그리고 아기 우는 소리, 그게 아니면 멀리 개 짖는 소리, 들판의 익숙한 소리, 닭 울음소리가 들린다.

군중이 흩어진다. 한 남자가 어떤 처녀를 강으로 데려

간다. 처녀는 스무 살쯤 되어 보인다. 그녀는 활짝 피어난 몸매가 그대로 드러나는, 술 장식이 달린 흰색과 붉은색의 아름다운 원피스를 입었다. 그을린 나무 같은 피부색의 아름다운 얼굴, 그녀는 산호 석회로 탈색한 곱슬곱슬하고 풍성한 머리채를 지녔다.

노래가 멎었다. 남자가 그 처녀를 강 한가운데로 이끌어 간다. 그들은 키 높이까지 강물에 잠겨 있다. 강물이 그들 주위로 흐른다. 그들 몸에 스며드는 한기, 옷을 살갗에 들러붙게 하고 몸을 떨게 만드는 한기를 나는 상상할 수 있다. 그 위의 하늘은 구름 한 점 없이 눈부신 푸른빛이다.

천천히, 부드럽게, 격투사 같은 몸짓으로, 남자가 처녀의 허리를 뒤로 젖혀 강물에 잠기게 한다. 불과 일이 초 만에 두 사람 모두 물속으로 사라진다. 그들이 수면으로 다시 나오고, 처녀가 기침을 하며 몸을 부르르 떤다. 그러자 그녀의 반짝이는 머리칼에서 물방울이 흩어져 날린다. 둑 위의 사람들이 환호성을 지르며 박수갈채를 보낸다.

그러고 나서 그 두 사람이 다시 강물 속으로 들어가고, 마치 두 사람의 무거운 발걸음을 따라가려는 듯 규칙적인 리듬으로 흔들리는 노래가 느리게 다시 시작된다. 시간의 격차에도, 수백 년의 무게에도, 인식의 마멸에도 불구하고, 한순간, 팔림시 강은 요르단 강이었다. 모든 것이 다시 단순해진다.

섬들

섬들,

흑단나무, 사포딜라나무, 야자나무,

불어나는 잎들과

벌어졌다 갑자기

영원한 고통 속에

다시 오므라든 열매들에 파묻혀

사라진 몸

내가 떠나갈 때 섬은 나에게 무엇을 줄까?

나는 이곳에 무엇을 찾으러 왔을까?

탄나, 암브림, 히바 오아, 누쿠 히바.

이 섬들에 관한 가장 아름다운 글들이 그 원주민들에게 가장 잔인하게 굴었던 두 남자가 쓴 글이었다는 것은 너무도 아이러니하지 않은가?

그중 한 명은 로버트 제임스 플레처. 탄나에 살면서 그곳 열매들을 먹고, 그곳 물을 마시고, 나이 어린 소녀를 강간해 자식 둘을 낳게 한 뒤 자신의 하인에게 그녀를 선물하고, 『환상의 섬 *Isles of Illusions*』을 쓴 사람.

또 한 명은 폴 고갱. 식민지 정복을 이용해 자신의 쾌락을 충족시키고, 어느 폴리네시아 여인을 아주 매끄럽고 부드럽고 순종적인 단순한 사물로 만들어 그 이미지를 영원히 남긴 사악한 패덕자의 일기, 『노아 노아 *Noa Noa*』를 쓴 사람.

섬이 닫힌다
벌어진 상처가 오므라들면서

섬의 어두운 뒷면이 사라진다
모독의 흔적 위로
상흔 위로
오므라든다
영혼과 가면의 비상
황금과 지배의 꿈들

왔던 이들은 다시 떠났다
주소를 남기지 않고
그런데 땅은 울고 있었다, 자신이 영원하다는 것을 알기에.*

그래서였을까? 이 닫힘을 확인하기 위해서였을까? 나는 두세 개의 바다를 건너 여기까지 반드시 와야만 했을까? 나에게도 섬의 피가 흐르지 않는가.** 아니면 내가 그렇

---

* 에두아르 글리상의 시집 『인도 제국*Les Indes*』 중 「정복*La Conquête*」에서.(원주)

** 르 클레지오의 아버지는 영국령이던 모리셔스 섬에서 태어났다.

게 믿고 싶었던 것일까?

내 유년 시절에 되풀이되던 그 꿈이 떠오른다. 배를 타고 긴 항해를 한 끝에 나는 빛에 잠긴 어떤 만으로 들어간다. 거기서 맹그로브가 늘어선 강어귀가 시작되고, 짙은 피부색의 사람들이 연안에서 나를 기다리고 있다. 온몸이 반짝반짝 빛나는 여자들, 미소 짓는 아이들이. 그곳은 영원한 나라, 완벽한 장소다. 허공에 떠 있는 빗방울 실린 뜨거운 공기가 나의 폐부로 스며들고, 나는 행복의 호흡, 달콤한 행복의 땀, 충족의 현기증을 느낀다.

말하자면 평범한 꿈.

인문학의 가장 아름다운 단락들이(우리는 그런 문장들을 선정하는 걸 좋아하니까) 꿈의 이미지, 피에르 로티*나 빅토르 세갈랑**의 책에서 뽑은 부분들, 생 존 페르스*** 식의 다소 엄숙한 균형만을 원천으로 삼았다는 것

---

* 프랑스 해군 장교이자 소설가.

** 군의관, 민족학자, 작가, 탐험가, 문학비평가. 피에르 로티와 마찬가지로 이국 취향의 특이한 문학 세계를 구축했다.

은 또 한 번의 아이러니가 아닐까? 만일 그게 인종차별적인 노작 『프랑스 병사 바르나보*Barnavaux, soldat de France*』****의 패러디가 아니라면 말이다.

태평양 정복과 동시에 발생한, 믿을 수 없을 정도로 빠르게 확산된 경향 중에는 최상의 것과 최악의 것이 있다. 최상은 두말할 것 없이 오세아니아의 자원과 매우 다양한 부족, 그들의 항해술과 과학적인 수경농법, 그들의 예술과 문화, 그들의 우주 생성 이론에 관해 서양인들의 눈을 뜨게 해준 인류학적인 연구들이다. 마거릿 미드, 말리노프스키, 마르셀 모스, 모리스 린하르트, 최초의 사sa어와 아프마어 사전을 편찬한 엘리 타트뱅 신부, 라가의 신화를 수집한 마거릿 졸리, 탄나 사람들(『나무와 카누』)과 바누아투의 정치 상황에 대한 열정적인 초상을 그린 조엘

*** 프랑스 시인이자 외교관. 최면 상태인 듯한 환상을 기도서 같은 운율에 실어 특이한 어휘로 전달했다.

**** 프랑스의 식민지 소설 작가 피에르 밀의 소설.

본메종. 에스피리투산토 사람들과 아주 개인적인 관계를 맺고, 온정주의에서 벗어나지 않은(섬들 내에 카페 문화와 자본주의를 이식시키려는 식민지 프로젝트에 매우 집착하기까지 하면서) 강력한 민족지학을 실천했던 장 기아르. 오레일리, 마르셀 에브라르, 라몬트 린드스트롬. 진급식과 물물교환, 결혼식과 장례식 등의 각종 의식을 연구한 윌리엄 마일즈. '화물 숭배'의 환상을 하나부터 열까지 완전히 만들어낸 굿이너프, 식인주의에 대한 환상에서 깨어나게 하려 했던 베아트리스 그림쇼. 에드워드 도드, 에이브러햄 포낸더, 데이비드 루이스 헤이든, 앤드루 샤프. 이들은 각자 자기 방식으로 멜라네시아인과 폴리네시아인들의 대양 이주의 서사시를 설명하려 했다. 모리스 린하르트는 세상에서 가장 오래된 문명 중 하나인 뉴칼레도니아 서해안의 라피타 문명을 '고안'해냈다. 알렉산더 샨드, 하레 홍이는 마우드 우스터 메이컴슨에게 옛 마오이족의 항해학과 우주론에 관한 매우 아름다운 에세이를 쓰게 했다(『샛별이 뜬다 *The Morning Star Rises*』, 1941년). 폴리네시아인들이 인도-유럽이나 산스크리트 혈통이라는 그의 생각은 근거 없는 것이었지만 말이다. 쿡부터 부갱빌까지, 잭 런던부터 세갈랑에 이르기까지, 지난 수세기 동안의 탐험가들과 여행자들의 일기. 그중 가장 아름다운 여행담은 아마도 1846년에 젊은 과학자 토머스 헨리 헉슬리가 찰스 다윈에게 영감을 얻어 쓴 글일 것이다. '래틀스네이크' 호를 타고 루이지아드 제도와 뉴기니의 연안들을 탐험한 그는 카누의 아름다움, 원주민들의 온화한 성품, 그리고 유럽에서 온 무장한 탐험가들이 행했던 멜라네시아인들에 대한 비인간적 대우에 대해서도 널리 알리고자 했다.

최악은 그 결과로 일어난 모든 것들이다. 르포르타주, 모험담, 자극적인 다큐멘터리 영화—1962년 칸 영화제 출품작인 야코페티와 카바라 감독의 '충격적인 다큐멘터리' 〈몬도 카네*Mondo Cane*〉를 위해 탄나에서 촬영한 '화물 숭배' 에피소드—, 석기시대의 생활방식을 그대로 이어오고 있는 식인종들이며 마술에 사로잡힌 인간들, 문명과 완전히 동떨어진 사람들이 살고 있는 잃어버린 세계의 이미지를 유럽인들에게 알리고자 했던 그 모든 찌꺼기들 말이다. 강대국들이 섬들과 그곳 원주민들을 차지하기 위해 서로 대립하던 식민지 시대에 대한 애국적인 글들 역시 쓰레기다. 양차 대전 사이에 출간된 피에르 브누아의 『에로망고 섬*Erromango*』 같은 책이 이에 해당한다. 이 책에서 피에르 브누아는 "뉴헤브리디스 제도의 프랑스적인 운명"을 주장하고 있다. 한 저널리스트는 그에 뒤이어 1960년대에 뉴칼레도니아를 프랑스 해군의 가장 큰 항공모함이라고 묘사하지 않았던가?

라가의 기다란 몸이 점점 멀어지면서 구름 속으로 사라진다. 엔진이 두 개 달린 바네르 수상비행기의 원창 너머, 수천 미터 상공에서 본 그 섬은 마치 평평한 대양 위에 잠들어 있는 기다란 에메랄드 호수 같다. 섬들의 특징은, 기습공격을 당하기도 쉽지만 그만큼 회복력도 빠르다는 것이다. 1810년 그랜드포트 전투에서 프랑스인들이 영웅적으로 저항하고 있을 때 영국군은 북쪽을 통해 모리셔스를 침략해 아무런 어려움 없이 그곳을 점령했다. 그 후로 150년 동안 영국이 모리셔스를 지배했지만, 오늘날 모리셔스에 아직도 영국의 영향력이 남아 있을까? 그 섬들을 소유한 이들은 자신들의 땀과 피로 그곳을 일궈냈다. 그들은 아프리카나 마다가스카르에서 온 크레올, 농장 노동자들의 후손인 인디언이나 중국인 들, 또는 대혁명 이후에 굶어죽지 않기 위해 피난 온 프랑스인과 브르타뉴인들이다. 그렇게 이주해 온 그들은 자신들의 새로운 조국을 차근차근 건설했다.

오세아니아의 바누아투에서도 사정은 마찬가지다. 이곳 토착민들은 오랜 세월에 걸쳐 끈기 있게 자신들의 독립을 되찾았다. 그들은 식민지 신탁통치에서 해방되어, 새로운 크레올어인 비슬라마어를 만들어냈다. 그들은 만남을 통해 태어난 새 문화, 새 종교를 이룩했다.

정복의 폭력을 겪은 뒤, 섬은 다시 닫힌다. 자신의 과거 속으로 침잠한다는 뜻이 아니라 자신의 기억 속에 틀어박힌다는 뜻이다. 그러나 사실 섬은 굳어버린 기억이 전혀 중요하지 않은 장소 중 하나다. 앤틸리스 제도, 마스카렌 제도, 그리고 태평양의 환초들, 소사이어티 제도, 갬비어 제도, 미크로네시아, 멜라네시아, 인도네시아. 역사의 어느 한 시기에 너무나 끔찍하고 참기 힘든 범죄와 모욕을 겪은 그곳 원주민들은 시선을 돌려 허무와 절망에 빠지는 고통 아래에서도 살아가는 법을 다시 배워야 했다.

그 상처들은 아물었다. 무성한 잡초가 대농장주들의 영역을 침범해, 많은 남자와 여자 들이 태어나 죽을 때까지 그대로 남아 있던 오래된 검은 돌벽을 뒤덮었다. 모리셔스 섬의 타마린 만 해변들, 마르티니크의 디아망, 바누아투의 포트빌라나 호모 만. 이제 노예선들이 인간 화물을 싣거나 부렸던 곳곳에서는 아이들이 천진난만하게 놀고 있고, 해 질 녘이면 순회 오케스트라들이 자리를 잡고서 스틸드럼이나 라반을 두드리며 사랑 노래나 우수 어린 노래들을 부른다. 사람들은 세가, 비긴, 주크, 레게 춤을 춘다. 새벽에는 용수나무와 필라오* 발치에 생선, 타로, 얌,

* 열대지방 습지 식물의 일종.

카사바 튀김, 고추 케이크를 파는 장이 선다. 아프리카 언어, 카리브 해 언어, 또는 사라지고 무시된 멜라네시아 언어. 노예가 되어 갇힌 지하 감옥 안에서도, 약탈, 강간, 납치를 당하던 와중에도, 자신들의 과거를 부인당해 정체성을 완전히 빼앗기던 상황 속에서도, 그 바다 민족들은 자신들의 고유한 언어와 이름, 그리고 영혼을 만들어냈다.

파투아어*, 크레올어, 비슬라마어, 톡피신**, 이것들은 '변용어'다. 변용어는 지배 집단의 언어에서 단어와 어휘를 가져와, 뒤섞고 변화시키고 그 언어의 구문 구성을 뒤집어엎고 종속절을 조롱하면서 거기서 즐거움을 느낀다. 앤틸리스 제도에서, 마스카렌 제도에서, 원래의 아프리카어와 아메리칸인디언 언어는 자신들이 소유한 남자와 여자 들을 가축처럼 만들고 싶어했던, 다시 말해 완전히 언어를 빼앗긴 존재로 만들고자 했던 이들에 의해 고의적으

* 자메이카 토속어.

** 영어에 기반을 둔 파푸아뉴기니의 공용어.

로 말살당했다. 그들은 노예들의 입에 정신적인 재갈을 채우고 싶어했다. 산토도밍고에서 고분고분 말을 듣지 않는 노예들의 입을 다물게 할 때 이따금 사용되던 마스크 같은. 정신을 가리는 보이지 않는 마스크.

크레올 언어들의 태생적 배경은 응축된 표현법이나 생략, 암시 어법 등 언어의 간편화를 낳았다. 크레올어는 무엇보다도 상거래에 유용한 '링구아 프랑카', 질서를 유지하고 벌을 주는 등 위계적인 의사소통을 위해 지배 집단의 언어를 단순화한 언어였다. 모리셔스의 크레올어에서 '훔치다'는 프랑스어로 하자면 '나쁜 짓을 하다'이고, '쳐다보다'는 '엿보다', '찾다'는 '어슬렁거리다', '주인'은 '나리'이다.

멕시코의 에스파냐 크레올어에서 정중한 표현의 형태는 단 두 단어면 된다. '¿Mande usted?'

크레올어는 발음이나 반복 때문에 간혹 우스꽝스럽게 들릴 때가 있다. 크레올어를 쓰지 않는 사람들이 이 언어에서 제일 먼저 인정하는 장점이 바로 그것이다. 바누아투의 비슬라마어로 '먹다'는 '카이카이'이고, '음악'은 '싱싱'이다. 하지만 아이 같은 이 우스꽝스러운 말투 이면에는 난폭함이 숨어 있다. 솔로몬 제도의 피진어에서는 "나가주십시오"라고 말하는 게 아니라 "꺼져버려"라고 말한다. 그리고 '화가 나 있다'라는 말 대신 '꼭지가 돌았다'라고 표현한다. 부드러운 선교사의 언어라기보다는 거친 군인의 언어다……

사람들은 크레올어를 일컬어 정복자들의 폭력에 맞서기 위한 섬사람들의 발명품이라고 한다. 크레올어는 라틴어의 크레올어라 할 수 있는 프랑스어, 오크어, 카스티야어(현재의 표준 에스파냐어), 또는 카탈루냐어 등에서 생겨났다. 사람들은 섬 지방 크레올어의 음악적인 감각, 시적인 감성, 상상력, 익살스러움에 찬사를 보내고, 때로는 지혜를 칭찬하기도 한다. 그것은 분명한 사실이다.

그렇지만 특기해야 할 것은 바로 이 언어들의 폭력성이다. 각각 상이할 뿐만 아니라 상반된 방향으로 진화하면서 서로 다른 운명을 겪긴 했지만, 이 언어들(마스카렌,

앤틸리스 또는 오세아니아의 크레올어)을 하나로 집결시키는 특징은 바로 이 언어들이 폭력성에서 태어났다는 점이다. 크레올어에는 폭력성이 배어 있다. 이 언어들은 생존을 위한 투쟁, 대농장이나 광산 또는 강제 노동 수용소들의 비인간적인 체제를 극복하려던 이 언어 사용자들의 의지를 반영한다. 누구라도 인정하지 않을 수 없는 이 언어들의 용이성과 어린애의 말투 같은 경쾌함(때때로 사람들은 이 언어들을 열대지방 새들의 지저귐에 즐겨 비유하지 않던가?)과 음악적인 울림 이면에는 섬들의 비극적인 역사가 숨어 있다. 물론 음악이 있다. 하지만 그것은 대농장에서 멀리 떨어진 어느 숲 속 빈터나 숲 한가운데에서, 또는 화염이 둘러싼 어느 외딴 해변에서 은밀하게 열리는 축제의 음악이다. 마론 축제, 프랑스 식민지 시대에 뉴헤브리디스 제도에서 부르던 대로 '가시덤불 숲 속에 사는 사람들'의 축제. 세가, 말로야,* 우쿨렐레 반주가

* 레위니옹 섬의 음악 장르로, 타악기 반주에 맞추어 크레올어로 불린다.

곁들여지는 멜라네시아인들의 강렬한 노래는 사랑의 음악이다. 하지만 이 노래들에서 표현되는 사랑은 대농장주들이 사는 대저택의 발라드나, 영국군과 대농장주가 고용한 민병대원들이 폭동을 일으킨 노예 라치타탄의 무리를 포위하는 바로 그 순간에 포트루이스에서 열리는 칸델라 무도회와는 아무런 공통점이 없다. 그들의 음악에 표현된 사랑은 난폭하고 관능적이다. 지주가 노예를 지배한다는 것은 노예의 성생활을 지배할 뿐만 아니라 그들의 사랑의 감정 또한 부인하는 것을 의미했고, 따라서 섹스와 폭동은 연관성, 공통분모를 갖고 있기 때문이다.

태평양의 섬들에서 폭력성은 음악보다 우세하고, 전쟁은 사랑의 유희보다 우세하다. 그곳에서의 정복 행위는 분명 최근까지도 일어나고 있다—오스트레일리아 인근의 어떤 곳들이나 북아메리카의 신탁통치에 짓밟힌 하와이에서, 정복은 아직 끝나지 않았다. 토지 약탈, 노예상인들의 포식은 이 지역들 특유의 언어적인 저항과 충돌했다. 그러나 착각해서는 안 된다. 여기서도 역시 폭력성에 근거를 둔 커뮤니케이션이 창출되었다. 19세기에 이 곳 연안들에 도착한 여행자들은 때때로 원주민들의 온화함과 무기력함에 대해 말할 수 있었고, 그들에게 자신의 아름다움을 선사하는 그 꽃 같은 여자들을 감동적으로 회상할 수 있었다. 그러나 현실은 육체와 의식의 강간, 그리고 그 결과로 일어나는 봉기 속에 있다. 타히티에서, 바누아투에서, 뉴기니에서, 뉴칼레도니아에서. 마법, 부적, 독살. 가끔은 피비린내 나는 난투극. 그리고 그 폭력성은 언제나 음악과 춤 속에 있었다.

정복자들은 크레올어 사용자들의 온순한 겉모습을 보고, 자신들에게 굴복당한 민족들을 덩치만 큰 말썽쟁이 어린애로 치부해 옴짝달싹 못하게 억누를 필요가 있다고 생각하게 되었다. 하지만 정복자들을 혼란스럽게 하는 것은 그것뿐이 아니다. 폭력성 또한 그들을 혼란스럽게 한다. 그들은 특히 멜라네시아 토착 언어들의 추함을 빠뜨리지 않고 말한다. 목구멍에서 내지르는 외침, 모의 전투 같은 춤 또는 야만적인 성행위를 흉내 내는 춤, 얼굴과 몸에 그리고 칠한 흉측한 그림들, 같은 시기의 북아메리카나 브라질 '야만인들'과 쌍벽을 이루는 기상천외한 의상과 별난 머리 장식.

너무나 짧은 기간에 식민지 시대의 극단적인 폭력성을 겪은 탓에 크레올어 사용자들—점령당한 태평양 섬 부족들과 대농장 체제에 예속된 사람들—은 인류 역사상 가장 혁명적인 이들이 되었다.

그들의 예술, 음악, 주술, 그리고 그들이 만들어낸 그들만의 언어에 이르기까지, 그들의 모든 것은 저항하려는 의지, 배우려는 의욕을 말해준다. 세상을 이해하는 방식에서처럼, 존재 방식에서도, 그들의 모든 것은 스스로 변화하는 능력, 생존하는 능력, 재발견하는 능력을 보여준다.

대륙 기반의 거대 사회들은 자신들의 '계시' 종교와 민주주의의 소위 평등 개념에도 불구하고 자신들의 의무를 저버리고, 그들 사회가 정립되는 원칙 자체를 부인했다. 노예제도, 정복, 식민지화, 그리고 세계 전쟁은 그 실패를 명

백히 드러냈다. 그 사건들은 현재의 대혼란을 야기한 지각 변동의 단초가 되었다. 그리고 '문명의 충돌' 운운하는 이론가와 가짜 예언자들은 지금도 그런 것들을 이용해 지배 전쟁을 정당화하고 있다. 이 거대 사회들의 실패는 분명히 오늘날 세계에 가해지고 있는 가장 큰 위협일 것이다.

혁명가들, 이 섬 민족에게는 오직 모범을 보이는 능력, 아름다움, 그리고 고통과 망각 속에서 태어난 꿈이 있을 뿐이다. 폭력의 소용돌이 속에서 이들 민족은 지혜와 의심과 유머라는 치료제를 찾아냈다. 그들의 회의주의는 가짜가 아니며, 현대의 냉소주의와는 전혀 다르다. 그들의 외딴 강기슭에 대륙들을 휩쓸었던 온갖 폭풍우의 물결이 밀려왔다가 소멸했다. 그들의 순진함은 비양심을 의미하지 않는다.

조지프 콘래드가 말한 그 "바다 거울"은 바로 섬 민족들이다. 바다 거울은 고요한 함수호나 요동치는 파도에 개별적인 이미지를 가둬두지 않는다. 바다는 매 순간 온갖 것이 나타날 수 있는 그런 장소다. 수평선에서는 모든 것이 나타날 수 있다. 죽음의 위협, 외국인 용병과 선교사들, 정복자들, 세상을 자기 생각대로 쥐락펴락하고 싶어 하는 과격한 자선가들, 혹은 오래전처럼 땅이나 아이들, 또는 그들의 이미지를 탈취하기 위해 무자비한 약탈자들이 타고 온 검은 선박들.

반면 세상의 온갖 속삭임, 꿈, 그리고 섬사람들의 환심을 사기 위해 해변에 춤을 추러 온 새로운 신들, 새로운 노래, 새로운 음악 역시 수평선에 나타난다. 생활을 더 편리하게 해주는 신기한 장치들. 때로는 의약품, 상처를 아물게 하는 연고, 복통을 가라앉히는 알약. 그리고 무엇보다 책, 신문, 비디오카세트를 통한 인식. 자유와 공간에 대한 사랑.

시인 에두아르 글리상은 정신적인 수용에 있어 섬사람들이 지상의 여느 민족보다 백 년은 앞서 있다고 말했다. 그 '접촉', 카리브 해를—다시 한번 말하건대 모든 제도와 군도에서 그러할 것이다—"이 세상에서 관계가 가장 분명하게 이루어지는 곳 중 하나이자, 관계가 더욱 견고해지는 듯한 눈부신 지대 중 하나"*로 만들었던 그 자연스러운 혼합으로의 모험 말이다.

모험은 간직해야 할 명사名辭다.

그 의미가 왜곡되었던 단어.

막장, 한탕주의, 무능력자들의 마지막 돌파구로 오용되어 지금은 훼손되어버린 단어.

이제 바로잡아야 할 단어. 정복의 흉포한 사도들과 이국 정서에 젖은 모리배들이 걸친 어색한 옷처럼 벗겨내야 할 단어.

섬 민족들, 바다 민족들, 그들 자신에게 예정된 비극을 극복하고 새로운 모습으로 태어날 수 있었던 유일한 민족들, 그 민족들의 표상이 되어야 할 단어.

---

* 에두아르 글리상, 『관계의 시학 *Poétique de la relation*』.(원주)

라가는 다시 닫히고, 멀어진다.

나는 그곳 원주민 한 사람 한 사람이 마치 그 옛날, 절벽 가장자리에 서서 수평선을 뚫어지게 바라보다가 난바다를 향해 카누를 밀고 나갈 때처럼 비상할 준비가 되어 있는 그 능력을 생각한다.

나는 윌리 오리온 베베를 생각하고, 그의 지난했던 삶을 생각한다. 번랍 마을에서부터 뉴칼레도니아의 니켈 광산들로 그를 이끌었던 인생, 그를 이 섬에서 저 섬으로 오가는 뱃사람으로 만들었다가 호모 만에서 사업가로 변신하게 했던 그 인생을. 현재 그는 자기가 한 번도 가보지 못한 고장으로, 오스트레일리아의 퀸즐랜드로 떠나고 싶어한다. 옛날 노예무역상인들에게 납치된 이들의 후손들을 자기가 그곳에서 되찾는 꿈을 꾸었다면서. 나는 아나톰 사람들, 뱅크스* 사람들, 솔로몬 사람들을 생각한다. 미국, 뉴질랜드, 또는 프랑스로 돈과 일자리와 새로운 경험을 찾아 고향을 등질 각오가 되어 있던 그 사람들을. 타히티의 마오이 여자들, 배의 갑판 위에서 계획도 먹을 것도 없이, 행운의 별이 자신들을 지켜주리라 꿋꿋이 믿으면서 마치 국경이라는 것이 존재한 적이 없었다는 듯 모든 섬을 편력하는 멜라네시아 여인들을 생각한다. 마르키즈 민족을 알기 위해 아나 섬에서 온 윈체스터 수녀. 자신의 신앙이 부르는 곳이라면 아프리카든 베트남이든 어디든 달려갈 준비가 되어 있는 글라디스 수녀. 에파테, 리

* 캐나다 노스웨스트 주 이누빅 지방에 있는 섬. 북극해 연안에 있는 북극 열도의 최서단에 있다.

푸, 또는 누메아의 시장으로 손수 만든 수공예 직물과 바구니를 팔러 가기 위해 카바 자루들을 실어 나르는 화물선에 언제라도 오를 수 있는 샤를로트 웨이. 그리고 먼지 자욱한 부두에서 볼 수 있는, 단련되어서가 아니라 안락함보다는 자유를 더 사랑하기 때문에 바람과 태양도, 배고픔도, 두려움도 아랑곳하지 않는 모든 여인들.

현대 국가들은 사막 유목민들에게 했던 것과 마찬가지로 바다 민족들을 국경의 창살 안에 가두려 했다. 하지만 그 민족들은 모험을 추구하는 기질과 상대성에 대한 감각 덕분에 삶의 매 순간 그 창살에서 빠져나온다. 태평양이나 인도양의 국가들 대부분은 세계에서 가장 젊은 국가에 속한다. 니바누아투들의 국가는 갓 스무 살, 모리셔스, 세이셸, 카리브 섬사람들의 국가는 30대. 어떤 섬들에는 독립이 아직도 실현하기 어려운 이상으로 남아 있다. 목가적이었던 과거에 대한 향수는 받아들여지지 않는다. 끝없는 대양 위에 자유가 복원될 때, 다시 말해 너무도 오랫동안 끊겨 있던 상업적이고 문화적이고 정치적인 교류가 복원될 때, 그때 이 구대륙, 단지 우리가 눈뜬장님이었기 때문에 보이지 않았던 이 대륙은 다시 존재하기 시작할 것이다. 그러나 그것은 분명 또다른 이야기일 것이다……

포트빌라, 2005년 남쪽의 겨울
~ 앨버커키, 2006년 북쪽의 여름

천국, 천국의 이면

'태평양' 하면 선뜻 '지상의 낙원' '행복' '휴식' '온화함' '천진무구' '숨이 멎을 것 같은 아름다움' '느리게 흐르는, 혹은 정지된 시간' 같은 어휘를 떠올리게 된다. 다양한 미디어 매체, 인터넷, 잡지, 여행 서적, 영화 등을 통해 쉽게 접할 수 있는 그곳에 대한 정보와 사진들, 그리고 해외여행이 간단한 나들이처럼 쉬워지면서 직접 찾아가 본 그곳의 인상이 그런 단어들과 자연스럽게 연결되기 때문일 것이다. 사람들은 그곳을 이제 더는 멀고 낯선 곳으로 느끼지 않는다. 그곳의 아주 유명한 관광지뿐만 아니라 외딴 섬들의 지명까지도 옆 동네처럼 익숙하게 말하고 그곳의 풍광이나 풍물에 대해서도 이야기한다.

이런 관점에서 본다면, 이제 그곳은 매력적인 관광지나 휴양지일 수는 있어도 엄청난 호기심을 불러일으키는 신비로운 장소는 더이상 아니라고 할 수 있을 것이고, 따라서 '보이지 않는 대륙에 가까이 다가가기'라는 이 책의 부제와 오세아니아가 왜 '보이지 않는 대륙'인지 밝히기 위해 작가가 저 먼 대항해시대까지 거슬러 올라가 되짚어 내려오는 수고를 하고 있는 첫 장이 무색하게 여겨질 수도 있을 것이다. 그 옛날 '보이지 않았던' 그곳이 이제는 뒤집어놓은 주머니처럼 속을 완전히 내보이고 있는 것은 아닌가? 그래서 작가도 말하듯, 볼거리로 전락한 상품화된 풍습들은 매력을 잃었고 오히려 씁쓸한 회의마저 들게 만들고 있지는 않는가?

하지만 여기서 우리는 '보이지 않는'이라는 어휘를 다시 생각해봐야 한다. 이 어휘는 중의적이다. 르 클레지오는 이 대륙에 다가가면서 두 종류의 '보이지 않는 것', 즉

표면적으로 '보이지 않는 것'과 심층적으로 '보이지 않는 것'을 나란히 보여주고 있다.

우선 표면적인 관점에서, 실제로 눈에 잘 띄지 않을 뿐만 아니라 '국제적으로 인정받지 못한, 일종의 통행로에 불과한 곳'이기 때문에 그곳은 '보이지 않는'다. 하지만 심층적인 관점에서 그곳이 '보이지 않는' 것은 우리의 눈과 마음이 그곳을 보지 못하기 때문이다. 그러므로 보이지 않는 섬에 가까이 다가가고자 하는 것은 보이지 않는 것을 '제대로' 보려는 의지를 의미한다. 그것은 지상의 낙원으로 한껏 미화된 피상적인 모습만을 보면서 구경거리로서만 그곳에 접근하는 것이 아니라, 천국 이면의 아픔, 아픈 역사와 아픈 현실을 들여다보려는 애정, 혹은 들여다봐야만 하는 의무를 의미한다.

그래서 르 클레지오는 '깊이 들여다보기'를 위한 장치를 마련한다. 그 장치는 바로 다양한 장르의 적절한 사용이다. 그 섬들이 발견되는 과정, 서양인들에게 있어서의 그 대륙의 의미, 그리고 그곳으로 이주해 온 원주민들의 이야기를 담담하게 기술하는 프롤로그 같은 첫 장을 넘기면, 갑자기 시점과 어조가 확연히 바뀌면서 마치 한 편의 소설, 그것도 아련한 서정을 담은 서사시 같은 소설이 시작된다. 허구의 인물들이 등장하고 사건이 벌어진다. 작가는 그 먼 옛날 이주민들의 항해를 따라가면서 마치 지금 자기 눈앞에서 일어나는 일처럼 그 장면들을 묘사한다. 그러다가 다시 1인칭의 '나'가 섬을 방문해 그곳 사람들, 지형, 역사, 또는 전통과 풍습을 여행자의 눈으로 바라보기도 하고, 섬 원주민들이 들려주는 전설이나 신화, 설화를 액자처럼 군데군데 끼워 넣기도 하고, 또 어떤 때는 그 슬픈 대륙의 폭력의 역사와 상흔에 감정이입해 누구보다 가슴 아파하면서 시의 형식을 빌려 고조된 감정을 표현하기도 한다. 그렇게 그는 보이지 않는 섬들을 제대로 보이게 하려는 극명한 소명의식을 보여준다. 보이는 천국, 그 이면의 아픔을 잊지 말자고 외친다. 가까이, 아주 가까이 다가가 깊이 있게 이해하자고 호소한다. 모욕과 상처 때문에 섬은 다시 닫히지만, 우리는 닫혀 있던 눈과 마음을 똑바로 뜨기 시작해야 한다고 호소한다. 르 클레지오와 『라가』를 통해, 우리는 보이지 않는 것을 들여다보려는 의지와 들여다봐야만 하는 의무를 배운다.

2012년 5월

윤미연

지은이 **J.M.G. 르 클레지오**
'현대 프랑스 문단의 살아 있는 신화'라 불리는 작가. 1940년 프랑스 니스에서 태어났다. 1963년 스물셋의 나이에 첫 작품 『조서』로 프랑스의 권위 있는 문학상인 르노도상을 수상하며 화려하게 데뷔했다. 1980년 『사막』으로 아카데미 프랑세즈가 수여하는 폴 모랑 문학대상을 수상했고, 2008년 노벨문학상 수상자로 선정되었다.

옮긴이 **윤미연**
부산대학교 불어불문학과 및 동 대학원을 졸업하고 프랑스 캉 대학교에서 공부한 뒤 전문 번역가로 활동하고 있다. 르 클레지오의 『허기의 간주곡』을 비롯하여 『어느 완벽한 2개 국어 사용자의 죽음』 『세상에서 가장 작은 동물원』 『우리는 함께 늙어갈 것이다』 『마지막 숨결』 『사랑을 막을 수는 없다』 『구해줘』 『괜찮나요, 당신?』 등 다수의 책을 우리말로 옮겼다.

문학동네 세계문학
라가—보이지 않는 대륙에 가까이 다가가기

초판인쇄 2012년 5월 22일 | 초판발행 2012년 5월 30일

지은이 J.M.G. 르 클레지오 | 옮긴이 윤미연 | 펴낸이 강병선
책임편집 이은현 | 편집 신선영 김이선 김두리 | 독자모니터 이민아
디자인 이경란 강혜림 | 저작권 김미정 한문숙 박혜연
마케팅 정민호 김도윤 박보람 | 온라인마케팅 이상혁 장선아
제작 안정숙 서동관 김애진 | 제작처 영신사(인쇄) 신안제책사(제본)

펴낸곳 (주)문학동네
출판등록 1993년 10월 22일 제406-2003-000045호
주소 413-756 경기도 파주시 문발동 파주출판도시 513-8
전자우편 editor@munhak.com | 대표전화 031) 955-8888 | 팩스 031) 955-8855
문의전화 031) 955-3576(마케팅) 031) 955-7972(편집)
문학동네카페 http://cafe.naver.com/mhdn

ISBN 978-89-546-1832-8 03860

www.munhak.com